Die Taunus-Ermittler 4 – Wo ist Verena?

Gabriele und Jürgen Jost

Die Taunus-Ermittler 4 – Wo ist Verena?

Kriminalroman

Von Gabriele und Jürgen Jost bereits erschienen:

Kriminalromanreihe Die Taunus-Ermittler:

Band 1 Steinige Wege
Band 2 Spuren
Band 3 Endstation Linie 3

Andere Romane:

Meeresrauschen für Lara

Weitere Infos unter:
www.Gabriele-und-Jürgen-Jost.de

Bibliografische Information der Deutschen Nationalbibliothek:
Die Deutsche Nationalbibliothek verzeichnet diese Publikation in der
Deutschen Nationalbibliografie;
detaillierte bibliografische Daten sind im Internet über
http://dnb.d-nb.de abrufbar.

© 2013 Gabriele und Jürgen Jost
Satz, Umschlaggestaltung, Herstellung und Verlag:
BoD - Books on Demand
ISBN: 978-3-8482-3812-5

1.

Verena schlenderte über die Hornauer Straße in Richtung Stadtmitte. Endlich hatte sie wieder einmal Zeit für sich. Sie war an diesem Dienstag überraschend schnell mit ihrer Arbeit fertig geworden, was schon längere Zeit nicht mehr vorgekommen war. Dabei hatte sie doch gerade wegen der ausufernden Überstunden ihren sicheren Arbeitsplatz im Industriepark aufgegeben und im Januar bei diesem kleinen Büro in der Hornauer Straße angefangen. Auch oder gerade weil ihr neuer Chef so zufrieden mit ihr war, drohte nun das gleiche Spiel von vorn zu beginnen. Zu allem Überfluss sahen sich Stefan und Peter in ihrer Auffassung bestätigt, dass es ein Fehler war, den sicheren und gut bezahlten Job gegen weniger Geld bei deutlich mehr Freizeit einzutauschen. Doch wo war die Freizeit geblieben? Würden ihr Onkel und ihr Freund recht behalten?

»Nun ja, das muss die Zeit zeigen«, sagte sie sich, betrat das Kaufhaus und ging in die Schreibwarenabteilung.

Während sie nach schön bedrucktem Briefpapier suchte, dachte sie: Das mit den Überstunden darf keinesfalls wieder die gleichen Dimensionen annehmen wie vor einem Jahr, als ich selbst später abends noch in der Firma war. Am Ende langweilt sich mein Schatz zu Hause und geht mir fremd.

Unterdessen hatte sie die Schreibwarenabteilung verlassen und war zu den Taschen weitergegangen, da ihre Handtasche nicht mehr die neueste war und auch Stefan nichts gegen einen Ersatz sagen konnte. Er hatte zwar nicht ganz unrecht, wenn er sagte, dass man sie zum Schutz ihres Geldbeutels von Schreibwaren, Taschen und Schuhen fernhalten müsse, aber dass sich ihr Verlobter inzwischen nahezu jedem Einkaufsbummel verweigerte, fand sie auch nicht gerade prickelnd. Keinen Bogen machte er dafür um Speisegaststätten jeder Art, was man ihm und auch ihrem Onkel, der genauso gern aß, auch deutlich ansah. Wann immer sich ihnen die Gelegenheit bot, während ihrer Ermittlungen essen zu gehen, taten sie es.

Wie lange Verena ihren Gedanken nachgehangen hatte, wusste sie nicht, aber als sie auf ihre Armbanduhr sah, wurde ihr klar, dass sie sich beeilen musste, um alles zu schaffen, was sie sich vorgenommen hatte. Schließlich wollte sie noch in den Supermarkt in der Fischbacher Straße und danach Yvonne besuchen. Zuerst würde sie sich aber eine Tasse Kaffee gönnen.

So bezahlte sie die Kleinigkeiten, die sich fast ohne ihr Zutun in ihrem Einkaufskorb angesammelt hatten, und verließ das Kaufhaus. Kurz darauf bog sie in den verkehrsberuhigten Teil der Bahnstraße ein, wo neben der Konditorei noch ein italienisches Café lag. Als sie es erblickte, wurde ihre Lust auf einen Cappuccino so groß, dass sie nicht daran vorbeigehen konnte.

»Was darf ich Ihnen bringen?«, fragte der junge, attraktive Kellner.

»Einen Cappuccino bitte.«

Wenige Augenblicke später brachte der schwarzgelockte Mann den Kaffee, und da er sich offenbar für unwiderstehlich hielt, begann er sie ziemlich dreist anzubaggern.

»Na, was haben wir denn heute Abend vor?«

»Da geh ich mit meinem Mann in die Oper«, erteilte Verena ihm eine ziemlich deutliche Abfuhr, und der junge Mann zog sich sogleich zurück.

Dennoch war Verena die Lust auf ihr Getränk ziemlich vergangen, und sie verließ das Lokal schneller, als sie es vorgehabt hatte.

Kaum zwanzig Minuten später hatte sie auch den Supermarkt in der Fischbacher Straße wieder verlassen und freute sich, dass die biologische Hautcreme, die sie für ihre empfindlichen Hände brauchte, dieses Mal vorrätig gewesen war. Zudem hatte sie gleich noch etwas zum Abendessen für sich und Stefan gekauft.

Verena setzte die nicht gerade leichte Tasche ab, sah auf ihre Armbanduhr und dachte: Ach, es ist ja noch nicht einmal drei. Da ich erst um halb vier mit Yvonne verabredet bin, kann ich ja noch einen kleinen Umweg machen.

Sie ging die leichte Steigung stadtauswärts in Richtung Fischbach, und als sie eine Weile gegangen war, überquerte sie die Hauptverkehrsader, um in der Seitenstraße Im Förstergrund zu verschwinden. Diese fiel zum Fischbachtal hin leicht ab und war an einer Seite noch unbebaut. Dort gab es noch mehrere wild zugewucherte Obstbaumgrundstücke. Hier fühlte sich Verena wohl. Fröhlich den neuesten Hit ihrer Lieblingsgruppe Fernando Express vor sich hin summend, ging sie dicht an den Baumgrundstücken bis zur Straßenbiegung entlang, wo erst im vergangenen Jahr gegenüber einem besonders verwilderten Grundstück drei ziemlich noble Einfamilienhäuser errichtet worden waren. Vorsichtig stellte sie ihre Einkaufstasche auf dem Boden ab und wollte sich gerade wieder aufrichten, als von diesem zugewucherten Grundstück aus ein Kätzchen auf sie zugehumpelt kam. Offenbar war eine seiner Pfoten leicht verkrüppelt.

»Na, meine Süße«, lockte Verena das Tier. »Komm mal zu mir.«

Die niedliche, schwarzweiß getigerte Katze rieb ihren Kopf an Verenas Bein und steckte ihn anschließend in die gut gefüllte Einkaufstasche.

Verena streichelte das Kätzchen und sagte: »Du hast wohl Hunger.«

Plötzlich krallte sich das Tier an ihrem nackten Arm fest und hinterließ vier deutlich sichtbare Striemen.

»Aua!«, rief Verena zornig, aber das Kätzchen schmiegte sich bereits wieder an ihren Arm, sodass ihre Tierliebe schnell über den Ärger siegte und sie fragte: »Was hast du denn?«

Die Katze humpelte auf das Grundstück zu und sah sich immer wieder nach Verena um. Sie ließ ihre Einkaufstasche auf dem menschenleeren Bürgersteig stehen und folgte ihr.

»So etwas kenne ich sonst nur von Hunden, wolltest du vielleicht einer werden?«, fragte Verena grinsend, und als das Tier mit einem herzhaften »Miau« antwortete, musste sie laut lachen.

Inzwischen waren die beiden einige Meter auf das verwilderte Grundstück vorgedrungen, das so stark eingewachsen war, dass man kaum fünf Meter weit sehen konnte. Schlingpflanzen wuchsen an den Apfelbäumen hinauf, und die Disteln standen gut und gern zwei Meter hoch.

»Mensch, was ist das hier? Erstaunlich, dass es hier am Stadtrand eine solche Idylle gibt«, murmelte Verena und lauschte gebannt dem Gezwitscher der Vögel und dem Rascheln in den Bäumen. Außerdem, so dachte sie, herrscht hier eine angenehme Kühle, überall sonst kann man es ja vor Hitze kaum aushalten. Schließlich hat ja erst vor einigen Tagen der August mit annähernd fünfunddreißig Grad begonnen, und wer weiß, wie es weitergeht.

Verena riss sich von ihren Gedanken los, folgte weiter der Katze und stolperte. Sie sah nach unten und bemerkte, dass sich ein Schnürsenkel ihrer neuen, bequemen, blauen Halbschuhe gelöst hatte. Sie bückte sich und wollte ihn wieder zubinden, da hielt sie mitten in der Bewegung inne.

Allerdings geschah das nicht freiwillig, denn zwei starke Männerarme hatten sie von hinten gepackt und hielten sie in einer eisernen Umklammerung gefangen. Verena war viel zu schockiert, um auch nur an Schreien zu denken, aber nach einigen Sekunden versuchte sie sich dem stahlharten Griff zu entwinden. Leider war sie gegen die schiere Kraft des Mannes machtlos, der sie einfach wegschleifte.

Was sollte sie tun? Um Hilfe rufen? Sich weiter wehren? Aber wenn er dann vollends durchdrehte? Würde er dann über sie herfallen? Verena wurde die Entscheidung abgenommen, denn der Mann hielt ihr ein mit Chloroform getränktes Tuch unter die Nase, das ihr augenblicklich sämtliche Sinne raubte.

Jan keuchte gewaltig, als er sich in den Sessel fallen ließ. Er hatte sie ganz allein in die Hütte geschafft, obwohl sie erbitterten Widerstand geleistet hatte. Erst nachdem er sie ins Reich der süßen Träume geschickt hatte, war seine Aufgabe leichter geworden. Nun lag sie in der kleinen dunklen Kammer nebenan und schlief tief und fest dem neuen Morgen entgegen.

Er dachte wehmütig an den Augenblick, als er sie auf der Pritsche abgelegt und diese bezaubernde Frau wie hingegossen vor ihm gelegen hatte. Ihre vollen Brüste hatten sich deutlich unter dem dünnen T-Shirt abgezeichnet. Für einen kurzen Moment war er versucht gewesen, es nach oben zu schieben, immerhin hatte er schon jahrelang keine Frau mehr gehabt.

Rattenscharf, die Tussi, dachte er und seufzte. Der Mann, der dich bekommt, ist ein Glückspilz.

Zögernd riss er sich von ihrem Anblick los und bekämpfte die in ihm aufwallende Erregung, indem er laut zu sich sagte: »Du bist doch kein Sittenstrolch, Jan, und wirst dich an einer wehrlosen Frau vergreifen.« Dann verließ er schnell die Kammer.

Nachdem er sich mit einem Schluck Bier wieder beruhigt hatte, murmelte er: »Mädchen, du wirst uns das Geld bringen, das uns eine Flucht ins Ausland ermöglicht.«

Dann ging er im Geiste noch einmal die Sicherheitsmaßnahmen durch, die er alleine getroffen hatte, denn sein Kumpel Marc, mit dem er zusammen aus dem Gefängnis geflohen war, war mal wieder auf eigenen Wegen unterwegs. Jan hatte die Griffe an dem kleinen Oberlicht in der Kammer abgeschraubt und das Fenster verdunkelt, sodass die Frau, sollte sie wider Erwarten aufwachen, vollkommen orientierungslos war. Aber auch wenn es ihr gelänge, das Fenster zu öffnen und um Hilfe zu rufen, würde sie hier höchstwahrscheinlich niemand hören und schon gar nicht sehen. Die Hütte auf diesem Grundstück war weder von der nahen Straße noch von dem hinten vorbeiführenden Feldweg aus zu sehen. Ein purer Zufall, dass Jan sie, als er mit seinem Kumpel das Terrain erkundet hatte, gefunden hatte. Er war mächtig stolz auf sich. Hier konnten sie erst einmal in Ruhe überlegen, wie sie weiter vorgehen wollten.

Was Jan weniger gefiel, war, dass Marc immer mehr sein eigenes Ding durchzog und sich nicht im Geringsten an

Absprachen hielt. So wollte er eigentlich schon seit Stunden zurück sein, aber bislang fehlte jede Spur von ihm. Auch wenn Jan ganz gewiss nicht ängstlich war, wurde er doch langsam unruhig, denn eine Entführung war doch etwas anderes als das, was er sich bislang hatte zuschulden kommen lassen. Er hatte zwar mit seinen gerade einmal fünfunddreißig Jahren schon viel Mist gebaut, aber die zwölf Jahre Gefängnis verdankte er mehr oder weniger einer Verkettung unglücklicher Umstände.

Ganz anders sein Kumpel Marc. Der war ein hartgesottener Gangster und wusste genau, was er wollte. Jan dachte auch kurz darüber nach, ob es nicht ein Fehler war, mit Marc zusammen auszubrechen und jetzt auch noch dieses Mädchen zu entführen. Aber was sollte er tun? Für einen Rückzieher war er schon viel zu weit gegangen.

In immer kürzeren Abständen blickte Jan auf seine Armbanduhr und stellte fest, dass es inzwischen nach neunzehn Uhr war. Wo blieb sein Kumpel nur? Es waren bereits fünf Stunden vergangen, seit der sich mit den Worten »Ich bin bald wieder da« verabschiedet hatte. Nur gut, dass ihr Opfer vermutlich bis zum nächsten Morgen ruhiggestellt war.

Wie um sich selbst Mut zu machen, sagte Jan halblaut vor sich hin: »Marc wird gleich kommen. Oder hat sich der Bursche bereits abgesetzt?«

Im Fernsehen lief gerade die Wettervorhersage der Heute-Nachrichten, aber Peter bekam davon nicht allzu viel mit. Die beiden gut belegten Wurstbrote, die er sich zum Abendessen bereitet hatte, ließ er unangetastet stehen. Er war in Gedanken bei Annika Fahrwaldt, der besten Freundin seiner geschiedenen Frau Michaela. Es war gerade erst ein Jahr her, dass Peter, Stefan und Verena sie davor bewahrt hatten, für den Mord an ihrem Ehemann, den ein anderer begangen hatte, zu einer langjährigen Haftstrafe verurteilt zu werden.[1]

»Gut, dass wir ein perfektes Team sind«, murmelte Peter, denn es hatte die drei Detektive sehr viel Mühe gekostet, den Darmstädter Hauptkommissar Beierlein davon zu überzeugen, dass ein Serienmörder der Täter war. Im Zuge der Ermittlungen hatte sich Peter, der sein Herz schon seit vielen Jahren als Eiswüste bezeichnete, aufs Heftigste in Annika verliebt und sich in den Monaten danach aufopfernd um sie gekümmert. Nach und nach hatte sie begonnen, seine Gefühle zu erwidern, aber es dauerte mehr als neun Monate, bis sie begannen sich diesen zu stellen. Das hatte auch damit zu tun, dass die beiden Annikas Sohn, den neunjährigen Sven, nicht überfordern wollten.

Ach, Annika, am Samstag sehe ich dich wieder, aber ich vermiss dich jetzt schon, dachte Peter gerade, da riss ihn das Läuten der Türglocke aus seinen Tagträumen.

Er ging zur Haustür, riss sie auf und sah verwundert Stefan vor sich stehen. »Was ist denn los? Hast du deinen Schlüssel vergessen?«

»Wahrscheinlich habe ich ihn oben liegen lassen«, sagte Stefan und spurtete an Peter vorbei ins Obergeschoss.

»Was ist denn mit dir los?«, rief Peter ihm noch verwundert hinterher, da tauchte Stefan bereits wieder auf und schwenkte den Schlüsselbund durch die Luft.

»Mein Gott, du rennst hier vielleicht hektisch durch den Flur, komm mit ins Wohnzimmer und lass uns ein Bier trinken.«

»Verena ist nicht hier bei dir?«

---

1 Vgl. Die Taunus-Ermittler Band 3: Endstation Linie 3

»Nein, wieso? Du kannst gern überall nachsehen, auch unter dem Schrank.«

»Hör auf mit deinen blöden Scherzen, mir ist im Moment nicht danach.«

»Wieso denn?«

»Verena kommt nicht nach Haus. Als sie um neunzehn Uhr immer noch nicht da war, hab ich mich ins Auto gesetzt und bin zur Firma gefahren. Ich wollte ihrem neuen Chef mal gehörig die Leviten lesen ...«

»Donnerwetter, das hast du dich getraut?«

Ohne direkt zu antworten fuhr Stefan fort: »Als ich in der Hornauer Straße ankam, wollte der Mann gerade das Büro abschließen. Wir haben uns eine Weile unterhalten und er hat mir erzählt, dass Verena bereits um dreizehn Uhr ihren Arbeitsplatz verlassen hat.«

»Das ist wirklich sonderbar. Wo könnte sie denn danach hingegangen sein?«

»Wenn ich das wüsste, wäre mir wohler zumute.«

»Habt ihr euch vielleicht gestritten?«

»Überhaupt nicht. Wir vertragen uns zurzeit besser denn je, aber so langsam macht mich diese Warterei wahnsinnig.«

»Wenn du jetzt durchdrehst, wird's auch nicht besser«, wandte Peter ein. »Denk noch mal in Ruhe nach. Hat Verena nicht doch noch was gesagt?«

»Nicht dass ich wüsste«, stöhnte Stefan gequält auf, um dann wie elektrisiert hochzufahren: »Wart mal, jetzt hab ich's. Verena hat was davon gesagt, dass sie noch einkaufen gehen will ...«

»Na, siehst du!«

»Aber sie wollte um etwa achtzehn Uhr wieder hier sein.«

Instinktiv sah Peter zur Wanduhr hinüber, die genau zwanzig Uhr anzeigte.

»Du hast recht, es ist nicht Verenas Art, sich derart zu verspäten. Wenn sie es nicht schafft eine Verabredung einzuhalten, ruft sie an.«

»Ja, es muss irgendetwas passiert sein«, jammerte Stefan, »ich hab's dir gleich gesagt. Wo bist du bloß, Verena?«

»Jetzt mach mal halblang«, versuchte Peter seinen Freund zu beruhigen, »hast du dich denn noch nie verspätet?«

»Doch, schon, aber irgendwie spüre ich, dass hier etwas ganz und gar nicht stimmt.«

»Angenommen, du hättest recht«, nahm Peter den Faden überraschend bereitwillig auf, »dann wird es von deinem Gejammer auch nicht besser. Setz dich auf die Couch, ich hole uns erst mal was zum Essen und Trinken.«

»Mir ist es ein Rätsel, wie du jetzt ans Essen denken kannst«, lamentierte Stefan, »aber etwas Flüssiges käme mir gerade recht.«

»Das kann ich mir gut vorstellen«, sagte Peter, der gerade mit einem vollen Tablett aus der Küche zurückkam, und öffnete ihnen zwei Bierflaschen.

Dann setzte er seine an den Mund und trank sie in Windeseile leer.

»Du bist kein bisschen besser als ich«, beschwerte sich Stefan, angelte seinerseits nach einer Bierflasche und nahm einen riesigen Schluck.

»So, das reicht erst mal«, sagte Peter und nahm Stefan die Flasche weg. »Jetzt rufen wir Andrea an, vielleicht weiß die ja mehr.« Andrea Dehler war Verenas Mitbewohnerin, auch wenn diese ihre Freizeit schon seit Langem fast ausschließlich bei Stefan verbrachte.

Inzwischen, da es schon nach halb neun war, war Peter fast genauso besorgt wie Stefan, aber um diesen nicht noch weiter zu verunsichern, versuchte er seine Nervosität nicht zu zeigen. Er wählte und lauschte dem Freizeichen, bis auf der Gegenseite endlich abgenommen wurde.

Er wartete gar nicht erst, bis Andrea sich meldete, und rief sofort: »Hallo, Frau Dehler, hier ist Peter Stettner«, in den Hörer.

»Hallo, Herr Stettner«, wunderte sich die Angesprochene, »was gibt es denn?«

»Ist Verena bei Ihnen?«

»Nein.«

»Das gibt's doch nicht.«

»Aber«, stotterte Andrea verunsichert, »Ihre Nichte ist doch die meiste Zeit bei Ihnen, oh Verzeihung, bei ihrem Verlobten. Wir haben uns vor drei Tagen zum letzten Mal gesehen. Wieso fragen Sie?«

»Weil Verena bislang nicht nach Hause gekommen ist. So langsam beginne ich mir Sorgen zu machen.«

»Das kann ich mir auch nicht erklären«, antwortete Andrea betroffen, »mittlerweile ist es fast einundzwanzig Uhr.«

»Eben darum.«

»Bitte halten Sie mich auf dem Laufenden, Herr Stettner.«

»Natürlich tue ich das. Entschuldigen Sie bitte noch mal die Störung und einen schönen Abend noch.«

Kaum hatte Peter aufgelegt, da fuhr ihn Stefan an: »Glaubst du mir jetzt endlich, dass da etwas passiert ist?«

»Ich fürchte, dass du damit recht hast. Aber lass uns in Ruhe nachdenken, wie wir weiter vorgehen.«

Während Stefan dumpf vor sich hinstarrte, arbeitete es in Peters Kopf fieberhaft, und gegen jede Gewohnheit würdigten sie die beiden Flaschen Schwarzbier, die vor ihnen standen, keines Blickes.

Gegen zehn Uhr sagte Peter: »Ich werde jetzt erst einmal

die Polizei anrufen und nachfragen, ob sich irgendwo ein Unfall ereignet hat, an dem Verena beteiligt sein könnte. Wenn das nicht der Fall ist, versuche ich sie als vermisst zu melden, auch wenn es dazu noch etwas früh ist.«

So wählte Peter die Nummer der Kelkheimer Polizeistation, wo man ihn als ehemaligen Kollegen und Detektiv gut kannte, aber nicht sonderlich schätzte. Allerdings bekam er einen ganz jungen und unerfahrenen Beamten an die Strippe, dem der Name Peter Stettner nichts sagte.

Peter erklärte ihm den Sachverhalt, dass seine Nichte vor über neun Stunden ihren Arbeitsplatz verlassen habe und seitdem nicht zu Hause angekommen sei, sich nicht gemeldet hätte und auch sonst nirgendwo aufgetaucht sei. Dann fragte er, ob sich in Kelkheim zwischen dreizehn und neunzehn Uhr ein Verkehrsunfall mit Fußgängerbeteiligung ereignet hätte.

»Nein«, antwortete der Beamte kurz angebunden, und Peter wollte kurzerhand eine Vermisstenmeldung erstatten.

Da lachte der Polizist am anderen Ende der Leitung hell auf und fragte: »Wissen Sie eigentlich, wie viele Frauen für ein paar Stunden oder sogar Tage verschwinden, weil sie einen heimlichen Geliebten haben?«

»Meine Nichte nicht!«, rief Peter ungehalten ins Telefon, »und außerdem sitzt ihr Verlobter neben mir.«

»Vielleicht hat Ihre Nichte ja gerade deswegen das Weite gesucht.«

Peter verschlug es angesichts des süffisanten Tonfalls des Beamten glatt die Sprache.

Er knallte den Hörer in die Basisstation zurück, murmelte: »Trottel«, und sagte dann zu Stefan: »Gleich morgen früh setzen wir uns mit Claus in Verbindung.«

Um diese Zeit war es auf dem verwilderten Grundstück am Stadtrand fast schon unheimlich. Zumindest empfand Jan, der ein Stadtmensch war, das so. Durch das gekippte Fenster der Hütte hörte er das Rauschen der Blätter im Wind und das Rascheln der Katzen, die auf Mäusejagd gingen, im hohen Gras. Plötzlich scharrte ein Schlüssel im Türschloss, und er fuhr wie elektrisiert hoch.

»Endlich bist du wieder da, Marc«, sagte er erleichtert. »Wo warst du denn? Das hat ja ewig gedauert.«

»Na und, Hinkebein?«, erwiderte Marc mit selbstzufriedenem Grinsen.

Jan verdrehte die Augen. Er hinkte tatsächlich leicht, seit er vor seiner Verhaftung auf der Flucht in einen Autounfall verwickelt worden war. Diesen Gehfehler würde er sein Leben lang nicht mehr loswerden, und das dürfte seinen ohnehin bescheidenen Erfolg bei Frauen in Zukunft weiter schmälern.

Auch hatte diese Behinderung dazu geführt, dass er in der Haft eine Abneigung gegen junge, schöne Frauen entwickelt hatte, denn einer solchen meinte er sein Martyrium zu verdanken. Nur so war es zu erklären, dass er mit Marc aus dem Gefängnis ausgebrochen war, um dieses Modepüppchen, wie Marc sie nannte, zu entführen.

Marc nahm sich ein Bier aus dem Kasten, ließ sich erschöpft in den zweiten Sessel im Raum fallen und hob die Füße mitsamt den Schuhen auf den ohnehin wackligen Holztisch.

Dann angelte er sich wie selbstverständlich eines der beiden Wurstbrote, die Jan für sich gemacht hatte, und rief: »Hey, Kumpel, wirf mir mal noch ne Flasche Bier rüber, die hier ist schon fast leer!«

»Okay«, brummte Jan halblaut.

Er merkte genau, dass sein Kumpan im Moment schlechte Laune hatte. Deshalb legte er sofort sein Brot zur Seite und erfüllte den Wunsch, der im Grunde ein Befehl war.

»Geht's nicht schneller?«

»Nein«, antwortete Jan, der spürte, wie auch in ihm der Zorn hochstieg. »Ich will jetzt erst einmal wissen, wo du so lange warst. Meinst du nicht, dass du mir eine Erklärung schuldig bist? Treibst du dich mit irgendwelchen Weibern ...«

»Ich wüsste nicht, dass wir verheiratet sind.«

»Red doch keinen Mist und unterbrich mich nicht dauernd. Findest du das richtig, dass ich hier das Risiko habe und du den Spaß?«

»Welches Risiko? Meinst du das Einsammeln der kleinen Zuckerschnecke? Hat doch alles geklappt, oder?«

»Natürlich, hältst du mich für vollkommen blöde?«

Marc ging nicht auf die Frage ein und sagte stattdessen: »Na, dann zeig mir mal das Wunderwesen.«

»Geh ruhig in ihre Schlafkammer, aber sei um Himmels willen leise.«

»Nichts da, du kommst mit. Außerdem kann unsere Prinzessin auf der Erbse ihren Schönheitsschlaf ruhig mal für einige Minuten unterbrechen.«

»Bist du wahnsinnig? Wir sind nicht maskiert, sodass sie uns erkennen könnte.«

»Scheiße«, fluchte Marc, »die hab ich glatt vergessen zu besorgen«, dann dachte er: Dieser Jan ist gar nicht so blöd, wie ich meinte.

Behäbig erhob er sich aus dem bereits reichlich zerschlissenen Sessel und folgte Jan, der vorsichtig den knarrenden Schlüssel am rostigen Kastenschloss der Verbindungstür drehte. Jan öffnete sie nur so weit, dass ein schwacher Lichtschein in die Kammer fiel und man Verenas Konturen gerade so erkennen konnte.

In diesem Moment wälzte sie sich auf ihrem schmalen und unbequemen Nachtlager herum und murmelte im Schlaf vor sich hin. Die beiden Entführer zuckten zusammen, und Marc bildete sich ein, die Worte: »Wo bin ich hier gelandet«, verstanden zu haben.

Mit einem Schlag war er so nüchtern, als hätte es die drei Flaschen Bier, die er in der letzten halben Stunde getrunken hatte, nie gegeben, und er reagierte sofort. Rasch packte er seinen Komplizen an der Schulter, riss ihn zurück und zog die Tür ins Schloss. Augenblicklich begann er sich die Schuhe, die er erst wenige Minuten zuvor in die Ecke gefeuert hatte, anzuziehen und forderte Jan auf, es ihm nachzutun.

»Was ist denn los? Wo willst du denn hin mitten in der Nacht?«

»Nicht ich – wir. Die Sache wird mir hier zu gefährlich, und außerdem habe ich bereits das nächste Quartier für uns klargemacht. Eigentlich erst für morgen. Aber inzwischen hab ich hier kein gutes Gefühl mehr. Also los, beweg deinen Arsch!«

»Du hast recht. Mir war das hier ohnehin nicht geheuer. Wahrscheinlich wimmelt es hier schon morgen Nachmittag nur so von Bullen, wenn die Kleine nicht von ihrer Tante zu den Eltern zurückkommt.«

Schon zum zweiten Mal an diesem Abend wunderte sich Marc über seinen Komplizen, den er während ihrer gesamten gemeinsamen Haftzeit als weit weniger scharfsinnig kennengelernt hatte.

Außerdem trägt die Kleine an der Hand einen Ring, der

durchaus ein Verlobungsring sein könnte, dachte Marc. Das bedeutete, sie hatte einen Freund, und der würde sie wahrscheinlich noch früher vermissen als ihre Eltern. Höchste Zeit also, hier abzuhauen.

»Du fährst«, begann Marc unvermittelt zu sprechen, »ich hab drei Flaschen Bier intus, und wir dürfen nicht auffallen. Ich erkläre dir auf der Fahrt, wohin es geht; hol schon mal den Wagen, den ich organisiert habe.«

Jan tat, was Marc ihm aufgetragen hatte, und blieb gleich hinter dem Steuer des Kastenwagens sitzen.

Wenn ich es nicht besser wüsste, würde ich denken, ich wäre Teil eines alten Derrick-Krimis, dachte er grinsend.

In diesem Augenblick wurde er recht unsanft aus seinen Gedanken gerissen, denn von der Beifahrerseite her zischte Marc: »Träum nicht rum, hilf mir lieber, unsere Fracht zu verstauen.«

Jan tat, was Marc von ihm verlangte, stellte die Flügeltüren des Transporters weit auf und nahm ihm die schlafende Frau ab. Er bettete sie auf ein paar Decken und zurrte sie so an der Seitenwand des Wagens fest, dass sie sich auch in einer Kurve nicht verletzen konnte. Zehn Minuten später verließen sie das Grundstück.

Was die Ganoven im Eifer des Gefechts nicht bemerkten, war, dass im Haus gegenüber schon eine ganze Weile das Licht brannte. Carmen Steinmüller konnte wegen der Hitze, die auch mitten in der Nacht kaum nachgelassen hatte, nicht schlafen. Ruhelos geisterte sie durch die Wohnung, während ihr Mann seelenruhig weiterschnarchte. Als er sich unwirsch brummend auf die andere Seite drehte, löschte Carmen das Licht wieder, blieb aber noch eine Weile am offenen Fenster stehen. Hätten Jan und

Marc nach oben gesehen, wäre ihnen die Zeugin aufgefallen.

»Das ist seltsam«, murmelte die neununddreißigjährige, nicht gerade schlanke Frau vor sich hin, als sie das unbeleuchtete Fahrzeug aus der Grundstücksausfahrt kommen sah. Wäre sie nicht so müde gewesen und hätte länger nachgedacht, hätte sie vermutlich die Polizei gerufen.

2.

Jan und Marc hatten Kelkheim hinter sich gelassen und fuhren auf der gut ausgebauten B 519 in Richtung Königstein. Auf der Anhöhe vor der Stadt, direkt bei der Abzweigung nach Bad Soden, drängte Marc seinen Kumpanen, der ihm viel zu langsam fuhr, anzuhalten. Er stieg aus, umrundete den Wagen und scheuchte Jan auf die Beifahrerseite.

»Wenn ich fahre, kommen wir diese Woche noch an.«

»Wie du meinst«, brummte Jan nicht gerade begeistert, »ich halte dich ganz gewiss nicht auf.«

Demonstrativ drehte er sich zur Seite und blickte schweigend aus dem Fenster in die schwarze Nacht hinaus.

Marc sah mit starrem Blick durch die Windschutzscheibe, und man sah ihm keine Gemütsregung an, während er mit überhöhter Geschwindigkeit ins Taunusstädtchen hinein und dem Kreisel entgegenfuhr. Während er sich einreihte, nahm er das Gas kaum zurück und beschleunigte sogar noch, als er in Richtung Glashütten und Feldberg den Kreisverkehr verließ. Er durchfuhr die Randbezirke Königsteins zügig und jagte das schwachbrüstige Lieferwägelchen mit Vollgas die lange Steigung zur Billtalhöhe hinauf. Kurz bevor er diese erreichte, fing der Motor des Lieferwagens auch noch zu stottern an.

»Halte durch, mein Kleiner, es ist noch ein schönes Stück.«

»Sag mal, wie redest du mit mir?«, fuhr Jan, der vor sich hin gedöst hatte, seinen Kumpel an.

Marc drehte sich zu ihm um, ließ das Steuer los und begann schallend zu lachen.

»Was ist daran so witzig?«

»Ich habe mit dem Auto gesprochen, nicht mit dir, du Esel.«

»Konzentriere dich besser auf die Straße, da hast du genug zu tun.«

»Elende Mimose.«

Seit sie Königstein verlassen hatten, hatte leichter Nieselregen eingesetzt, der nun, da sie durch Glashütten fuhren, immer stärker wurde. Als sie das Waldstück, das an die Taunusgemeinde anschloss, verließen und in die große Lichtung zwischen Kröftel, Oberems und Oberrod einfuhren, schüttete es bereits wie aus Kübeln. Plötzlich erschütterte ein heftiger Schlag den Transporter. Marc trat so heftig auf die Bremse, dass der schwere Wagen auf dem rutschigen Asphalt kurz ins Schlingern kam, bevor er stehen blieb.

»Was war denn das?«, rief er erschrocken, und Jan murmelte ratlos: »Ich weiß es nicht.«

Dabei richtete er sich kerzengerade auf und spähte in die Nacht hinaus.

Nach einigen Sekunden rief er erschrocken: »Mensch Marc, da draußen liegt einer. Du hast jemanden überfahren.«

Nun sah auch Marc den älteren Mann mitsamt seinem Fahrrad am Straßenrand liegen.

»Darauf kommt's jetzt auch nicht mehr an«, murmelte er, setzte aber dennoch eilig zurück, riss das Steuer hart nach links, gab Vollgas und umkurvte den offensichtlich Schwerverletzten.

Kurz darauf kam er an die Abzweigung nach Oberems, wo er eigentlich hatte abbiegen wollen. Da die Tankuhr des Lieferwagens aber schon weit im roten Bereich war, entschloss er sich, weiter geradeaus in Richtung Esch zu fahren, wo es, wie er sich zu erinnern glaubte, eine Münztankstelle gab.

»Du hirnverbrannter Idiot«, schimpfte Jan los, dem nicht entgangen war, dass sie mit dem letzten Tropfen Benzin unterwegs waren. »Wie kann man einen fast leeren Wagen stehlen?«

»Volltrottel! Autos fallen nun mal nicht vom Himmel, man muss nehmen, was sich einem bietet. Capito?«

»Wo hast du den denn mitgenommen?«

»Raststätte Medenbach war genial«, sagte Marc grinsend.

»Auch das noch. Dann steht der Wagen bereits auf sämtlichen Fahndungslisten.«

»Das ist anzunehmen …«, gab Marc erstaunt zu, als er in der Ferne zwei blinkende blaue Lichter ausmachte. Offensichtlich wurde dort gerade eine Straßensperre errichtet. Sollte dieser sonst so tumbe Jan am Ende schon wieder recht haben?

Instinktiv schaltete Marc die Fahrzeugbeleuchtung aus, riss erneut das Steuer herum und fuhr so schnell in den gut befestigten Waldweg hinein, dass der aufgewirbelte Schotter laut gegen das Blech des Lieferwagens schlug. Nun kam es ihnen zugute, dass Marc einige Jahre lang ganz in der Nähe gelebt hatte. Mit geradezu traumwandlerischer Sicherheit prügelte er das Fahrzeug durch den pechschwarzen Wald und bog, als ob das nicht schon schwierig genug wäre, in einen noch kleineren Waldweg mit matschigem Untergrund ein. Wenige Meter weiter erstarb der Motor.

»Na klasse!«, entfuhr es Jan. »Keine Ahnung, wo wir hier

sind, kein Sprit mehr, und sehen kann man auch nichts. Das hast du prima vergeigt.«

»Nicht so vorlaut, Kleiner«, sagte Marc herablassend, »ich weiß genau, was ich tue. Gib mir ein, zwei Stunden Zeit, dann wirst du sehen.«

»Was werd ich sehen? Dass die Bullen uns am …«

»Papperlapapp«, schnitt Marc ihm kurzerhand das Wort ab, zog seine Regenjacke an und die Kapuze über, obwohl es inzwischen aufgehört hatte zu regnen. Dann verschwand er zwischen den Bäumen.

Jan setzte sich derweil auf die Ladefläche des Transporters und sah Verena an, die an Händen und Füßen gefesselt in tiefem Betäubungsschlaf lag.

Er seufzte leise auf, denn inzwischen bereute er es, mit Marc zusammen aus der Haftanstalt Butzbach ausgebrochen zu sein. Zumal er dank seiner guten Führung darauf hätte hoffen können, in zwei, höchstens drei Jahren die gesiebte gegen frische Luft einzutauschen.

Nach einiger Zeit merkte Jan, dass Verena unruhig wurde. In Kürze würde sie zu sich kommen.

Schon fast zärtlich sagte er zu ihr: »Tut mir leid, Carina, aber wir wollen weg aus Deutschland, und dazu brauchen wir das Geld deines reichen Vaters.«

Dann zog er das Fläschchen mit Chloroform aus der Hosentasche, träufelte einige Tropfen auf sein Taschentuch und hielt es ihr unter die Nase. Augenblicklich seufzte sie abgrundtief auf und schlief erneut ein. In diesem Moment wurden draußen Motorengeräusche laut. Marc kam mit einem alten VW Passat zurück.

»Wo hast du denn den her?«

»Gefunden, was sonst?«

»Red keinen Mist.«

»Ich hab mich sozusagen durch den Hintereingang nach Niederems geschlichen, schließlich sind die ersten Häuser nicht weit von hier. Endlich zahlt es sich aus, dass ich Frankfurt den Rücken gekehrt und jahrelang in diesem Kaff gelebt habe.«

»Schon möglich«, brummte Jan und begann wieder zu hoffen. Vielleicht würde dieses Unternehmen doch noch ein gutes Ende finden.

»Schläft sie noch?«

»Schon wieder.«

»Was bedeutet das?«

»Ich musste ihr noch eine Nase voll verpassen.«

»Übertreib's nicht, unser Goldesel ist nur lebendig eine Million wert.«

»Natürlich. Und wie geht's weiter?«

»Wir werden bis zum Morgengrauen hier bleiben und dann nach Esch fahren.«

»Müssen wir schon wieder tanken?«

»Nein, diese Kiste ist bis zum Stehkragen voll. Aber wir können nicht über Niederems …«

»Verstehe«, unterbrach Jan seinen Kumpel grinsend, »wenn der Besitzer seinen Wagen sieht, haben wir gleich die Bullen am Hals.«

Mittlerweile graute der Morgen, und im Hause Stettner-Weimershaus war nach einer durchwachten Nacht endlich etwas Ruhe eingekehrt.

Doch schon bald begannen die Vögel im Baum vor Peters Wohnzimmer ein solches Spektakel zu veranstalten, dass Peter, der gerade eingedöst war, aufsprang und in Richtung Fenster brüllte: »Ruhe da draußen, verdammt noch mal!«

Die Vögel ließen sich nicht beirren, dafür war aber Stefan,

der seit einer halben Stunde wie hingegossen im Wohnzimmersessel hing, mit einem Schlag hellwach.

»Ist Verena wieder da?«, fragte er irritiert.

»Nein, nur die Vögel vor dem Fenster. Mir reicht's, ich geh duschen.«

»Ich geh auch schnell nach oben, mich frisch machen. In einer halben Stunde bin ich wieder da. Dann müssen wir etwas unternehmen.«

Während das heiße Wasser auf ihn niederprasselte, dachte Peter vier Wochen zurück, als die beiden Familien seinen fünfzigsten Geburtstag gefeiert hatten. Damals war die Welt noch in Ordnung gewesen, auch wenn sein Bruder Joachim und seine Schwägerin Sabine in Australien weilten und nicht dabei sein konnten. Stefan und Verena hatten Pläne fürs Zusammenziehen geschmiedet, und auch Annika hatte angedeutet, dass sie mit Sven in den Taunus ziehen wollte, um schneller bei Peter zu sein. Außerdem hatten sie in der Nacht nach der Feier, fast ein Jahr nach dem gewaltsamen Tod von Annikas Ehemann, zum ersten Mal miteinander geschlafen. Peter spürte die Sehnsucht in sich aufsteigen, doch ihm war bewusst, dass er und Annika sich in nächster Zeit vielleicht kaum sehen würden. Solange seine Nichte verschwunden war, würde er jede Minute damit verbringen, sie zu finden.

Ich muss unbedingt Annika anrufen und ihr sagen, dass ich am Samstag nicht kommen kann, dachte Peter, während er sich anzog.

Dann ging er in die Küche und bereitete das Frühstück.

Nachdem Stefan und Peter sich gestärkt hatten, rief Peter bei Andrea Dehler an, die ihn gar nicht erst zu Wort kommen ließ und gleich fragte: »Ist Verena zurückgekommen?«

»Leider nicht.«

»Hier ist sie auch nicht. Es wird doch nichts passiert sein?«

Bianca Sattler war hundemüde, als sie um kurz nach fünf Uhr früh, viel später als sonst, von der Spätschicht in der Großküche des Idsteiner Krankenhauses nach Hause kam. Eigentlich war ihr Dienst eine halbe Stunde vor Mitternacht beendet gewesen, aber was sie auf dem Heimweg erlebt hatte, war ihr gewaltig in die Glieder gefahren. Immerhin hatte sie aus einiger Entfernung beobachtet, wie der Fahrer eines weißen Lieferwagens einen Radfahrer überfahren und Unfallflucht begangen hatte. Sie hatte sofort Polizei und Notarzt verständigt, war an der Unfallstelle geblieben und hatte auf die Polizei gewartet, die sie befragte. Nur auszusteigen hatte sie sich nicht getraut, denn sie hatte Angst vor einem Überfall.

Bianca schloss die Tür zu ihrer Zwei-Zimmer-Wohnung in Kronberg auf und legte die tausend Euro, die sie unterwegs noch gezogen hatte, wie immer in die Schublade im Flurschrank. Dann ging sie schlafen.

Irgendwann zwischen sechs und sieben Uhr früh war auch das Ehepaar Steinmüller beim gemeinsamen Frühstück. Carmen erzählte ihrem Mann Ingo aufgeregt, was sie in der Nacht beobachtet hatte, aber Ingo interessierte sich mehr für seine Zeitung.

»Hörst du mir überhaupt zu?«, beschwerte sich Carmen.

»Immer. Aber meinst du nicht, dass du da mal wieder zu viel reininterpretierst? Es muss nichts zu bedeuten haben.«

»Aber dass der Wagen ohne Licht gefahren ist …«

»Mach dich nicht lächerlich. Wenn du jeden anzeigen wolltest, der ohne Licht fährt, wärst du Stammgast auf der Polizeiwache.«

»Weiß ich doch, aber …«

»Wenn du nichts Besseres zu tun hast«, nörgelte Ingo, »dann leg dich doch auf die Lauer. Aber gib mir vorher noch 'nen Kaffee, ich muss gleich zur Arbeit.«

Eine gute halbe Stunde später, Ingo Steinmüller war inzwischen gefahren, hatte Carmen noch viel Zeit, da sie selbst erst am Nachmittag zur Arbeit musste. Sie ging ins Wohnzimmer und schaltete das Radio ein. Dann ließ sie sich auf der Couch nieder und plante den Großeinkauf, der nächste Woche anstand, und hörte dabei mit halbem Ohr die Nachrichten. Kurz vor der Wettervorhersage bat der Sprecher des Hessischen Rundfunks die Zuhörer um Aufmerksamkeit.

»Heute in den frühen Morgenstunden hat sich auf der B 8 nördlich von Glashütten ein schwerer Verkehrsunfall ereignet. Ein älterer Radfahrer wurde von einem Transporter erfasst und so schwer verletzt, dass er mit dem Rettungshubschrauber in die Uni-Klinik nach Frankfurt am Main geflogen werden musste. Er ist zurzeit nicht ansprechbar und schwebt noch immer in Lebensgefahr. Da er keine Papiere bei sich hatte, ist seine Identität bislang ungeklärt und die Polizei für jeden Hinweis dankbar. Aufgrund der an der Unfallstelle sichergestellten Lack- und Reifenspuren sowie der Aussage einer Augenzeugin fahndet die Polizei nach einem älteren weißen Fiat Ducato, von dessen Kennzeichen nur die Anfangsbuchstaben ‚MTK‘ bekannt sind. Wer sachdienliche Hinweise zu Fahrzeug und dem unfallflüchtigen Fahrer machen kann, wird gebeten, sich mit der Kriminalpolizei in Bad Homburg, in Idstein oder jeder anderen Poli…«

Carmen war wie vom Donner gerührt. Sie vergaß augenblicklich, dass sie die Wettervorhersage hören wollte, und dachte: Was ist denn das? Das passt zu dem Wagen, den ich vergangene Nacht beobachtet habe. Soll ich meine Beobachtungen der Polizei mitteilen? Oder Ingo anrufen?

Ausgeschlossen, der lacht mich jetzt schon aus. Wenn ich ihm meine Gedanken mitteile, sagt der nur: Mach dich nicht lächerlich. Und wahrscheinlich hat er sogar recht.

Auch Stefan und Peter waren an diesem Morgen nicht untätig geblieben und gingen den Weg ab, den Verena für gewöhnlich von der Arbeit nach Hause nahm. Außerdem versuchten sie ihren Tagesablauf so gut wie möglich zu rekonstruieren. Dazu gingen sie auch in das Kaufhaus in der Hornauer Straße.

»Soweit ich weiß, hat Verena gesagt, dass ihre Handcreme fast leer ist und sie eine neue Tube kaufen wollte. Das hat sie immer hier gemacht.«

»Das ist doch schon mal ein Anfang«, ermunterte Peter seinen Freund und Kollegen weiter nachzudenken und klopfte ihm auf die Schulter. »Auf, gehen wir in die Kosmetikabteilung.«

Hektisch streiften die beiden durch die Gänge des Kaufhauses und sahen sich um.

»Also hier sind wir falsch«, sagte Peter nach einer Weile, »das ist die Schreibwarenabteilung. Aber halt, da kann ich gleich einige Sachen fürs Büro mitnehmen.«

»Dass du jetzt an so etwas denken kannst«, herrschte Stefan ihn an.

»Entschuldige bitte, aber alles andere muss doch auch weiterlaufen.«

»Na ja.«

Als die beiden um die nächste Regalecke bogen, blieb Peter so abrupt stehen, dass Stefan nicht mehr rechtzeitig bremsen konnte und in ihn hineinlief. Dadurch kam Peter ins Straucheln und fiel fast einer Verkäuferin in die Arme.

»Oh, Verzeihung.«

»Nichts passiert«, sagte die junge, kaum zwanzigjährige Frau, »suchen Sie etwas Bestimmtes, kann ich Ihnen weiterhelfen?«

»Ja, meine Freundin sucht, äh, kauft, ja also …«, begann Stefan verworren.

»Wir suchen die Kosmetikabteilung«, unterbrach Peter ihn schnell, »die war doch immer hier vorn im Eingangsbereich.«

»Sie waren aber länger nicht bei uns, da ist sie schon seit ewigen Zeiten nicht mehr«, sagte die junge Frau ein wenig spitz, und Stefan, dem alles zu langsam ging, sagte: »Komm Peter, sehen wir im Untergeschoss nach.«

»Wie wär's denn mit dem zweiten Stock?«, fragte die Verkäuferin schnippisch.

»Vielen Dank«, sagte Peter und zog ein Passfoto von Verena aus der Tasche. »Können Sie uns sagen, ob diese junge Frau gestern hier war?«

»Leider nicht, aber Ihre Frage nach der Kosmetikabteilung …«

»Ich denke, die ist im zweiten Stock?«

»Das war ein Scherz. Diese Abteilung wurde schon vor längerer Zeit aufgelöst. Es gibt sie nicht mehr.«

»Aber«, stotterte Stefan, »meine Verlobte hat ihre Handcreme immer hier gekauft.«

»Das muss aber schon ziemlich lange her sein. Versuchen Sie es doch mal im Bio-Supermarkt an der Fischbacher Straße.«

Nachdenklich schlichen die beiden Detektive aus dem Kaufhaus und gingen die Hornauer Straße in südlicher Richtung. Peter brach als Erster das Schweigen.

»Ich kann mir nicht vorstellen, dass Verena nur wegen der Handcreme einen Umweg über die Fischbacher Straße gemacht hat. Zumal es in den Nachmittagsstunden fast schon mörderisch heiß ist.«

»Und nun?«, fragte Stefan ratlos. »Wo sollen wir suchen?«

»Lass uns nach Hause gehen und in Ruhe nachdenken. Irgendetwas müssen wir übersehen haben. Ich hatte auch früher als Polizist nie einen Fall, in dem es gar keinen Ansatzpunkt gab. Glaub mir, es gibt immer einen.«

»Fragt sich nur, welchen.«

Marc, der sich selbst für den Nabel der Welt hielt, hatte nun endgültig die Initiative an sich gerissen und pirschte sich vorsichtig an die Straße heran. Nun saßen sie schon seit Stunden mitten im Wald fest und konnten nichts weiter tun als warten. Die Polizeikontrolle auf der Bundesstraße bestand leider noch immer.

Ob sie am Ende schon nach ihnen suchten?

»Ihr verdammten Schweine!«, schrie Marc so laut in den Wald hinein, dass die Vögel von den Bäumen aufflogen. »Zieht endlich Leine, oder sollen wir bis zum Mittag hier festsitzen?«

Als ob sie Marcs Wunsch erhört hätten, begannen sie nur wenige Minuten später damit, die Kontrollstelle abzubauen.

Brummend ging Marc zum Auto zurück, ungeduldig und unzufrieden mit sich und vor allem mit Jan.

Hoffentlich wird die Frau nicht zu schnell wach, dachte er. Wenn sie unsere Gesichter sieht, hat ohnehin ihr letztes Stündlein geschlagen.

Marc hatte bereits in der Hütte geahnt, dass sein trotteliger Kompagnon die falsche Frau entführt hatte, ihm jedoch erst einmal nichts von seinem Verdacht gesagt. Am liebsten hätte er gleich mit beiden kurzen Prozess gemacht, aber er brauchte dringend Geld, und so wollte er erst einmal ausloten, was bei den Angehörigen dieser Frau zu holen war.

Zugegeben, sie sah Carina Hauser zum Verwechseln ähnlich. Trotzdem hätte das diesem Blödmann nicht passieren dürfen.

Als er zum Wagen zurückkehrte, hob sich seine Laune wieder etwas, denn Jan hatte die Frau bereits umgeladen und auf dem Rücksitz gefesselt.

»Gleich können wir fahren, die Sperre ist weg.«

»Na endlich, das hat aber lange gedauert.«

Während sie Esch entgegenrollten, fragte Marc: »Hast du sie gut festgebunden? Nicht dass sie uns ausbüxt.«

»Alles paletti.«

»Na hoffentlich.«

»Wo fahren wir denn hin?«

»Das wirst du schon sehen.«

»Danke«, murrte Jan, und schweigend fuhren sie den Umweg über Steinfischbach.

Zwanzig Minuten später wollte Marc in die kleine Straße nach Mauloff einbiegen und sah erst im allerletzten Moment den Sperrbalken wegen Bauarbeiten. Er trat heftig auf die Bremse, riss das Steuer herum und kam wenige Zentimeter vor dem Balken so abrupt zum Stehen, dass er den Motor abwürgte.

»Verdammt noch mal!«

»Was ist denn jetzt schon wieder los?«

»Guck raus, dann weißt du's. Die Straße war, als ich unser

Quartier klargemacht habe, noch nicht gesperrt. Das hat mir gerade noch gefehlt.«

»Dann beeil dich, Marc. Ich habe keine Lust, den ganzen Tag mit unserer Geisel durch den Taunus zu gondeln.«

»Trottel! Du siehst doch, dass ich hier nicht fahren kann. Außerdem hast du schon gar keinen Grund zu meckern. Entführt die falsche Frau …«

»Was sagst du?«

»Ja, du hast richtig gehört. Das ist nicht Carina Hauser.«

»Was machen wir denn jetzt?«

»Was wohl? Ihre Angehörigen auspressen. Wenn ich ihr teures Shirt sehe, denke ich, dass da auch was zu holen ist. Ha, ha.«

»Dann beeil dich, denn unsere Prinzessin wird schon wieder wach. Ich muss ihr wohl noch eine Schlafkur verpassen.«

»Schleich dich nach hinten und mach hin«, sagte Marc ungehalten, und Jan musste sich beeilen umzusteigen; so rasant fuhr Marc an.

Um etwas mehr als einen Kilometer Luftlinie zu überbrücken, mussten sie gut und gerne zwölf Kilometer durch den Taunus fahren, was Marcs Nervenkostüm gehörig strapazierte. Erst als er hinter Altweilnau von der Bundesstraße auf die Nebenstrecke über Finsternthal nach Mauloff abbiegen konnte, wurde er wieder ruhiger. In Mauloff bog er in eine ruhige Wohnstraße ab, die ein Stück in den Wald hineinführte und in einen geschotterten Waldweg überging. Nun hatte er seine Sicherheit wiedererlangt und wechselte mehrmals die Waldwege. Jan hatte die Orientierung schon lange verloren.

Plötzlich hielt Marc an, und Jan, der noch immer auf dem Rücksitz saß, sah nach draußen. Sie standen vor einer Waldhütte, die so gut zwischen den Bäumen versteckt war, dass man quasi direkt davor stehen musste, um sie zu erkennen.

Marc stieg aus und sah sich um. »Die Luft ist rein, lad die Prinzessin erst einmal aus.«

Jan starrte vor sich hin und blieb wie angewurzelt sitzen.

»Was ist? Brauchst du eine Extra-Einladung?«

Etwa zu der Zeit, als Peter und Stefan in die Hauptstraße zurückkamen, riss die Türglocke Bianca Sattler aus ihrem tiefen und traumlosen Erschöpfungsschlaf. Es dauerte dennoch eine Weile, bis die Störung zu ihr durchdrang. Schnell warf sie sich ihren Morgenmantel über und schlich hundemüde zur Sprechanlage.

»Wer ist denn da?«

»Aufmachen, Polizei!«, bellte eine Stimme zurück.

Sofort fiel Bianca der Unfall wieder ein. Welche Laus ist denn denen über die Leber gelaufen, dachte sie, sagte sich dann aber, dass die Beamten sicher eine anstrengende Schicht hinter sich hätten, und drückte den Türöffner. Nur eine Minute später standen zwei uniformierte, aber trotzdem nicht sehr vertrauenerweckende Polizisten vor ihrer Tür.

»Was gibt's denn noch?«, fragte sie.

»Müssen wir das unbedingt hier draußen besprechen?«, polterte der Ältere der beiden los, worauf Bianca unwillkürlich zwei Schritte zurückwich.

»Ja, solange Sie mir nicht Ihre Ausweise gezeigt haben.«

Ohne auf ihre Aufforderung einzugehen, schoben die Polizisten ihre massigen Körper nach vorn und drängten Bianca in den Flur.

»Was soll denn das?«

»Jetzt reden wir. Meinen Sie wirklich, es war in Ordnung, dass Sie am Unfallort keine Erste Hilfe geleistet, sondern nur auf den Rettungswagen gewartet haben? Damit haben Sie sich der unterlassenen Hilfeleistung schuldig gemacht!«

Bianca war sich keiner Schuld bewusst. Die Beamten vor Ort hatten sie wegen ihrer Umsicht bei der Alarmierung der Rettungskräfte gelobt und Verständnis dafür gezeigt, dass sie nachts auf der einsamen Straße das Auto nicht hatte verlassen wollen. Inzwischen hatte sich die Wohnungstür hinter den Beamten geschlossen, und der jüngere fuhr sie aggressiv an: »Wenn der Mann stirbt, hat das üble Konsequenzen für Sie. Das Beste wird sein, wir nehmen Sie schon mal mit auf das Revier nach Idstein.«

»Moment mal«, verteidigte sich Bianca mutig. »Wie reden Sie eigentlich mit mir?«

»Ruhe jetzt«, herrschte sie darauf der Ältere an, »wenn Sie sich uns widersetzen, gibt das gleich noch eine Anzeige dazu.«

Der Jüngere machte zwei schnelle Schritte auf Bianca zu und wollte sie am Arm packen, aber die junge Frau wich erschrocken ins Wohnzimmer zurück. Der Ältere hielt seinen Kollegen zurück und flüsterte ihm etwas ins Ohr.

Plötzlich wollte der Polizist sie nicht mehr mitnehmen und sagte stattdessen: »Kommen Sie heute Abend um achtzehn Uhr auf die Polizeiwache nach Idstein. Am besten gleich mit Anwalt. Und lassen Sie es sich ja nicht einfallen, nicht zu erscheinen.«

»Was fällt Ihnen eigentlich ein!«, schrie Bianca, die sich im Recht fühlte, zornig, »jetzt will ich endlich Ihre Dienstausweise sehen und Ihre Namen wissen. Ich werde mich über ihr rüdes Vorgehen bei Ihrem Vorgesetzten beschweren.«

»Ich heiße Hans Oberleitner, das ist mein Kollege Sebastian Heidelmeier; unsere Dienstausweise gehen Sie allerdings nichts an.«

»Wie Sie meinen!«, stieß Bianca entkräftet hervor, warf
die Tür hinter den Männern ins Schloss und schlurfte ins
Wohnzimmer hinüber. Dann ließ sie sich auf ihr Sofa fallen.

»Meine Güte, was sind denn das für Polizisten?«

3.

Peter und Stefan hatten eine unruhige Nacht hinter sich. Stefan war um fünf Uhr früh bereits eine halbe Stunde wie ein Tiger im Zoo auf und ab gelaufen und hatte sich immer wieder dasselbe gefragt: »Verena, wo bist du? Was kann ich tun, um dich wiederzufinden? Hast du mich am Ende sogar verlassen? Aber zum Teufel, warum? Was habe ich falsch gemacht?«

Er steigerte sich immer mehr in seine Selbstzweifel hinein, klagte sich laut an und schlug die Hände vors Gesicht.

Mitten in der Bewegung hielt er jedoch inne, murmelte: »Mist, wie konnte mir das entfallen?«, und rannte, zwei Stufen auf einmal nehmend, die Treppe hinunter. Leider trat er versehentlich auf die laut knarrende Stufe, strauchelte und konnte sich gerade noch am Treppengeländer festhalten. Gerade als er an Peters Schlafzimmertür ankam, riss dieser sie von innen auf, und beide krachten mit den Köpfen zusammen.

»Autsch!«, schrie Peter ungehalten, »kannst du nicht aufpassen? Musst du einen derartigen Lärm veranstalten? Und dazu noch mitten in der Nacht.«

»Entschuldige, wenn ich dich geweckt habe.«

»Ich wollte mich gerade auf die andere Seite drehen, als die Stufe krachte. Ich hab gedacht, das Haus stürzt ein.«

»Peter, lass mal für einen Moment deine blödsinnigen Scherze. Ich glaube, mir ist da etwas eingefallen.«

»So – was denn?« Peter war mit einem Mal hellwach.

»Verena hat irgendetwas gesagt, dass sie zu einer Kollegin gehen wollte, die an ihrem Geburtstag Urlaub genommen hatte.«

»Du fängst ja schon früh damit an, deiner Partnerin nicht zuzuhören«, sagte Peter grinsend, »aber gut, es ist wenigstens ein Anfang. Gib mir schnell ihren Namen und die Adresse.«

»Woher nehmen und nicht stehlen?«, fragte Stefan und hob die Schultern.

»Meine Güte, du bist vielleicht fertig. Gib mir endlich die Nummer von ihrem Chef, denn dieser kleine kahlköpfige Schnauzbart muss ja zu irgendetwas nütze sein.«

»Vollberth«, meldete sich eine tiefe, etwas ungehaltene Stimme an Telefon.

»Peter Stettner am Apparat.«

»Ach, Sie sind's, Herr Stettner«, sagte der Mittfünfziger nun schon nicht mehr so sauer.

»Entschuldigen Sie bitte die frühe Störung.«

»Schon in Ordnung. Wissen Sie etwas Neues über den Verbleib Ihrer Nichte?«

»Leider nein, aber ich habe eine Frage. Haben Sie eine Mitarbeiterin, die gestern Urlaub und Geburtstag hatte?«

»Ja, das ist Yvonne Thaler. Warum?«

»Uns ist eingefallen, dass meine Nichte sie am Nachmittag besuchen wollte. Wir sind dabei, ihren Tagesablauf zu rekonstruieren. Dazu müssten wir mit Frau Thaler sprechen.«

»Ist das nicht Aufgabe der Polizei?«

»Ja schon, aber wir sind Privatdetektive und haben wenig Zeit. Wo wohnt Frau Thaler denn?«

Nachdem Peter sich eine Adresse notiert und das Gespräch beendet hatte, fragte er Stefan: »Kennst du eine Straße, die ‚Im Förstergrund' heißt?«

»Ich, woher denn?«

»Hätte doch sein können. Na ja, zum Glück kenne ich die Falkensteiner Straße.«

»Ich auch, das ist nicht weit von Verenas Wohnung entfernt.«

»Na dann müsste Im Förstergrund, Ecke Falkensteiner Straße ja nicht schwer zu finden sein. Also los. Laufen wir hin?«

»Bist du von allen guten Geistern verlassen?«

»Okay, nehmen wir das Auto.«

Fünf Minuten später waren sie bereits auf dem Weg. Peter hatte gerade den Bahnübergang überquert und wollte in die Altkönigstraße einbiegen, als Stefan sagte: »Fahr doch mal geradeaus weiter. Wenn Verena sowieso hierher unterwegs war, hat sie ihre Handcreme vielleicht doch gekauft. Wir sollten mal mit den Leuten im Supermarkt reden. Je genauer wir ihren Weg kennen, umso besser können wir den Tagesablauf rekonstruieren.«

»Ach, du gehst jetzt nicht mehr davon aus, dass Verena dich verlassen wollte?«

»Bin ich noch nie.«

»Ach nee, das hat sich aber auch schon mal anders angehört. Abgesehen davon hätte ich zu jeder anderen Zeit deine brillanten Gedanken gelobt. Aber jetzt, da es um Verena geht, ist das Beste gerade gut genug. Außerdem habe ich gerade anderes als Lobhudeleien im Kopf«, sagte Peter energisch und parkte unweit des Supermarkteingangs ein.

Stefan hatte alle Mühe, seinem Freund zu folgen, der inzwischen ausgestiegen war und dem Kassenbereich des

Marktes zustrebte. Zielstrebig ging er zur jüngeren der beiden Kassiererinnen, stellte sich vor und hielt ihr Verenas Foto unter die Nase.

»Entschuldigen Sie bitte, haben Sie diese Frau am Mittwoch hier gesehen?«

»Nein«, antwortete die dunkelhaarige Frau zögernd, »ich kann mich zumindest nicht daran erinnern.«

»Zeigen Sie mir das Bild mal«, bat nun die andere, eine vielleicht dreißigjährige Blondine.

Die Kassiererin sah sich das Foto lange an, legte die Stirn in Falten und sagte dann: »Mir ist, als hätte ich die Frau vorgestern Nachmittag hier gesehen, ich bin mir aber nicht ganz sicher. Warten Sie mal.«

Dann rief sie eine junge Frau herbei – dem Alter nach eine Schülerin, die hier als Aushilfsjob die Regale auffüllte – und sagte zu ihr: »Saskia, geh doch bitte ins Lager und hole Ina her.«

Wenige Augenblicke später kam das Mädchen zurück, und in ihrer Begleitung war eine weitere Verkäuferin, die etwa in Verenas Alter war.

»Frau Meier, warst du nicht vorgestern an der Kasse?«

»Ja, Frau Plumm, ich hatte Kasse drei. Stimmt die Abrechnung nicht?«

»Doch, doch, aber die Herren hier sind Privatdetektive und fragen, ob diese Frau bei uns eingekauft hat.«

»Ach so«, sagte Ina Meier und sah das Foto an, das Stefan ihr hinhielt.

»Ja, sie war da, ich kann mich gut daran erinnern. Hat sie etwas verbrochen?«

»Nein, sie wird vermisst«, erklärte Peter.

»Ach du liebes bisschen.«

»Können Sie mir sagen, warum Sie sich so gut erinnern?«

»Weil sie sich nach einer bestimmten, biologischen Handcreme erkundigt hat, die sie nicht fand. Deshalb bin ich mit ihr dorthin gegangen, wohin wir die Creme am Vortag geräumt hatten.«

»Wozu wird denn andauernd umgeräumt?«, fragte Stefan gedankenlos, »damit niemand etwas findet?«

Peter sah genauso verständnislos zu seinem Freund hin wie die Verkäuferinnen und fühlte sich genötigt einzugreifen: »Entschuldigen Sie bitte, aber mein Freund und Geschäftspartner ist zurzeit völlig von der Rolle. Die verschwundene Frau ist immerhin seine Verlobte und meine Nichte.«

»Oh«, entfuhr es Ulrike Plumm, und Ina, die noch neben ihrer Chefin stand, sah die Detektive entsetzt an.

»Es wäre für uns besonders wichtig zu wissen, um welche Zeit sie hier war. Je genauer Sie es eingrenzen könnten, umso besser.«

»Sie war ziemlich genau um fünfzehn Uhr hier«, sagte Ina Meier, »denn kaum war sie gegangen, habe ich die Abrechnung gemacht und Punkt halb vier die Kasse an meine Chefin übergeben. Was ist denn mit der Frau, wurde sie entführt?«

»Wer weiß. Danke, Sie haben uns sehr geholfen. Für den Fall, dass Ihnen noch etwas einfällt, können Sie uns oder den Anrufbeantworter im Büro erreichen. Ich lasse Ihnen unsere Karte da.«

Auf dem Rückweg zum Auto sagte Stefan: »Das ist doch schon mal ein Teilerfolg. Hier war sie also.«

»Stimmt«, sagte Peter, behielt aber für sich, dass sich seine Befürchtung, Verena könnte einem Gewaltverbrechen zum Opfer gefallen sein, deutlich verstärkt hatte. Aber das konnte er unmöglich aussprechen, denn sonst wäre Stefan zu überhaupt nichts mehr zu gebrauchen gewesen.

Während sie den kleinen Parkplatz in der Altkönigstraße ansteuerten, von wo aus sie zum Förstergrund laufen wollten, sagte Peter: »Was hältst du davon, wenn wir dort drüben im Eiscafé einen Kaffee trinken gehen? Außerdem könnte mein Magen eine Kleinigkeit vertragen.«

»Dass du jetzt auch noch was essen willst, ich kann nicht mal dran denken!«

»Von deiner Hungerei wird's auch nicht besser!«, blaffte Peter zurück, »wenn du während der Ermittlung vor Entkräftung umfällst, haben wir auch nichts davon. Außerdem könnte es ja sein, dass Verena, als sie hier war, Lust auf einen Espresso oder Cappuccino hatte.«

»Mensch, Peter, so verrückt, wie sie danach ist, könnte das durchaus sein. Du bist ein Genie!«, rief Stefan und umarmte ihn auf offener Straße.

»Halt, nicht so stürmisch«, sagte Peter und musste über diese übertriebene Reaktion etwas schmunzeln, obwohl ihm weiß Gott nicht danach war. »Die beiden älteren Damen dort drüben gucken schon ganz verstört.«

Einige Minuten später betraten sie das Eiscafé und suchten sich einen Platz in der hintersten Ecke. Hier konnten sie in Ruhe reden, dazu ihren Kaffee trinken und das hausgemachte Tiramisu verspeisen. Stefan, der sich noch eben so gesträubt hatte, verschlang seine Portion in Windeseile und rief, noch bevor er den letzten Bissen verschluckt hatte, nach dem Kellner.

Als er ihnen die Rechnung brachte, zog Stefan das Foto aus der Innentasche seiner Jacke und fragte den Mann: »Hatten Sie vorgestern Nachmittag auch Dienst?«

»Warum wollen Sie das wissen? Lässt meine Alte mich jetzt schon überwachen?«, fragte er zornig.

»Nein, entschuldigen Sie, wir haben nichts mit Ihrer Frau zu schaffen. Es geht um diese junge Dame auf dem Foto. War Sie gestern Nachmittag hier?«

»Ganz gewiss nicht«, sagte der Kellner, »eine derart hübsche Frau wäre mir garantiert aufgefallen.«

»Das kann ich mir vorstellen«, murmelte Stefan, zahlte, und die Detektive verließen das Café.

Nur wenige Minuten später hatten die beiden die Falkensteiner Straße erreicht und folgten ihr, bis sie zur Abzweigung Im Förstergrund kamen. Unterwegs sahen sie sich aufmerksam um, entdeckten aber nichts Verdächtiges.

Sie erreichten die Hausnummer, die Peter notiert hatte. Gerade als er bei »Thaler« klingeln wollte, summte der Öffner, und die Tür sprang wie von Geisterhand auf.

Die beiden keuchten in den zweiten Stock hinauf, und Peter kam es in den Sinn, dass beide dringend etwas für ihre Fitness tun mussten.

»Meine Nerven«, stöhnte er, »diese Treppen strapazieren mich ganz schön.«

»Dann müsstest du eigentlich ‚Meine Füße‘ sagen«, warf Stefan trocken ein.

»Witzbold«, murmelte Peter und dachte: Fängt sich Stefan wieder?

Dann ging er auf die junge Frau zu, die in der offenen Wohnungstür stand.

»Guten Tag, Frau Thaler, wir sind die Privatdetektive Stettner und Weimershaus. Haben Sie uns etwa erwartet?«

»Ich habe Sie vom Balkon aus gesehen.«

»Kennen Sie uns denn?«

»Ich war mit Verena vor ein paar Wochen mal bei Ihnen

im Büro, um sie bei der Buchführung zu entlasten. Bitte treten Sie ein.«

»Die Tür?«

»Bloß nicht, die war erst kaputt.«

Peter und Stefan folgten der Frau ins Wohnzimmer, und kaum hatten sie sich gesetzt, da fragte Yvonne: »Haben Sie schon eine Spur von Verena?«

Als weder Peter noch Stefan gleich Antwort gaben, erbleichte die junge Frau und fragte mit brüchiger Stimme: »Ist ihr etwas zugestoßen?«

»Nein, wir haben noch nichts gehört, aber woher wissen Sie eigentlich ...«

»Als Verena gestern nicht zur Arbeit erschien, habe ich den Chef gefragt, ob sie krank ist. Da hat er mir erzählt, dass sie vermisst wird.«

»Ich dachte, Sie hätten Urlaub?«, sagte Stefan.

»Nur an meinem Geburtstag und heute. Gestern musste ich arbeiten.«

»Ach so. Aber einen kleinen Schritt sind wir in der Ermittlung schon weiter gekommen. Wir wissen jetzt, dass sie auf dem Weg zu Ihnen im Supermarkt an der Fischbacher Straße eingekauft hat. Die Kassiererinnen haben uns bestätigt, dass sie um fünfzehn Uhr dort war. Wann und wie lange war sie denn bei Ihnen?«

»Gar nicht!«, schrie Yvonne vor Schreck laut auf, und einige Tränen rannen über ihre Wangen.

Stefan und Peter wechselten einen bedeutungsvollen Blick. Was immer mit Verena passiert war, war also vor ihrem geplanten Besuch bei ihrer Kollegin geschehen.

Yvonne fuhr schluchzend fort: »Als ich erfahren hatte, dass Sie nach Verena suchen, konnte ich mich kaum noch auf meine Arbeit konzentrieren und habe einige ziemlich üble Fehler gemacht. Da hat mein Chef mich ganz schön runtergeputzt. Wenn ich daran denke, was ihr alles zugestoßen sein könnte, finde ich keine Ruhe. Zu allem Überfluss zogen mich die Kollegen damit auf, dass ich mir alles so zu Herzen nehme.«

»Es ist doch kein Fehler, wenn man noch nicht so abgestumpft ist wie die meisten Leute«, meinte Peter.

»Meine Kollegen nahmen mich noch nie so richtig ernst, obwohl ich meine Arbeit gewissenhaft und korrekt erledige. Sie sagen sogar, ich hätte mich in Verena verliebt, nur weil ich schon längere Zeit keinen Freund hatte und trotzdem die Annäherungsversuche eines Kollegen abgewehrt habe.«

»Und, ist es so?«, fragte Stefan, und Peter glaubte, einen leisen Ton der Eifersucht in seiner Stimme zu entdecken.

»Nein, nein«, sagte Yvonne schnell, wobei sie ein klein wenig rot wurde, was die junge Frau aber nur noch sympathischer erscheinen ließ.

Die Detektive waren sich sicher: Sie hatte mit Verenas Verschwinden nichts zu tun.

»Verena ist die Einzige in der Firma, die mich von Anfang an ernst genommen hat. Darüber sind wir fast schon Freundinnen geworden.«

»Das kann ich verstehen«, sagte Stefan, »wann genau wollte sie denn bei Ihnen sein?«

»Um vier Uhr. Da sie ja mit Ihnen verabredet war, wollte sie um sechs wieder fort.«

»Das bedeutet, Verena muss zwischen fünfzehn und sechzehn Uhr verschwunden sein.«

»Richtig, Stefan«, stimmte Peter zu und sagte: » Frau Thaler, Sie waren uns eine große Hilfe.«

»Danke meinerseits für Ihr Vertrauen. Halten Sie mich auf dem Laufenden?«

»Natürlich«, sagte Peter und wollte schon aufstehen, als er sich anders besann und stattdessen fragte: »Wäre Verena direkt zu Ihnen gekommen, auch wenn sie etwas zu früh dran gewesen wäre?«

»Wahrscheinlich nicht, denn sie wusste, dass ich zum Mittagessen bei meinen Eltern war und erst gegen vier zurückkommen wollte. Sie hätte die Zeit bestimmt im Eiscafé überbrückt oder wäre noch ein Stück spazieren gegangen. Ihr gefällt die Ecke hier sehr gut. Sie hat schon des Öfteren zu mir gesagt, dass sie mich darum beneidet, so dicht am Ortsrand zu wohnen.«

»Das war ein sehr wertvoller Hinweis. Vielen Dank. Wir melden uns, wenn es etwas Neues gibt.«

Wenige Augenblicke später standen Stefan und Peter vor dem Haus und begannen die Straße abzugehen.

»Lass uns schauen, wohin uns das führt«, sagte Peter. Jeder mit seinen Gedanken beschäftigt, gingen die beiden Detektive an der Häuserfront entlang, und als sie die Bebauungsgrenze erreichten, wechselten sie die Straßenseite. Plötzlich rutschte Stefan aus, und es hätte ihm glatt die Beine unter dem Körper weggezogen, wenn Peter nicht beherzt zugegriffen hätte.

»Hast du dich verletzt?«

»Nein, ging gerade noch einmal gut. Dank dir.«

Dann bückte sich Stefan, um nachzusehen, worauf er ausgerutscht war, und murrte: »Möchte mal wissen, was die Leute so alles auf die Straße wer…«, als ihm der Ton im Hals stecken blieb und er eine weiße Tube aufhob, die unter seinem Gewicht geplatzt war.

Schockiert hielt er sie Peter entgegen und sagte stockend: »Das ist die Handcreme, die Verena verwendet. Wenn das ihre ist, dann muss hier etwas passiert sein, denn diese Creme verliert man nicht so einfach; sie kostet nämlich zwölf Euro.«

»Ich fürchte, sie gehört ihr. Durchgangsverkehr gibt es hier nicht, und ein Anwohner, der sie verloren hätte, hätte sie längst wiedergefunden. Oder wir würden ihn suchen sehen. Die Straße ist aber menschenleer.«

»Du hast recht.«

»Hatte Verena eigentlich eine Einkaufstasche dabei?«

»Woher soll ich das wissen?«

»Stefan, du bist … ach lassen wir das und sagen, sie hätte. Also suchen wir danach. Außerdem fürchte ich, es sieht so aus, als ob Verena entführt wurde. Siehst du das auch so?«

»Ja«, antwortete Stefan niedergeschlagen, sah sich um und sagte dann plötzlich: »Sieh mal da vorn, das verwilderte Grundstück.«

»Ja, hab ich gesehen. Lass uns mal hingehen, wer weiß, was wir dort finden.«

»Meinst du die Lösegeldforderung?«

»Mensch, Stefan, ich weiß ja, dass du völlig durch den Wind bist, aber dass das Blödsinn ist, müsste dir trotzdem auffallen. Wer soll die denn hier finden?«

Dennoch hat Stefan den Finger genau in die Wunde gelegt, dachte Peter, während er auf das Grundstück zuging. Dass noch keine Forderung eingetroffen ist, gibt mir Anlass zu größter Sorge. Aber ich werde mich hüten, es Stefan zu sagen.

»Vielleicht finden wir Fingerabdrücke, die auf die Entführer schließen lassen«, machte Stefan sich selbst Mut, und Peter war froh, dass sein Freund so zuversichtlich war, auch wenn er diese Einschätzung nicht teilte.

Schweigend gingen sie einige Meter durch das hohe, ungemähte Gras, das fast schon wie Gestrüpp aussah, da sah Peter am Boden etwas aufblitzen.

Er bückte sich und hob einen Schlüsselbund auf, dann rief er: »Sieh mal, Stefan, was ich hier habe!«

»Oh nein! Das sind Verenas Schlüssel. Siehst du den kleinen Delphinanhänger aus Gold? Den habe ich Verena zu unserem einjährigen Jubiläum geschenkt.«

»Ich habe ihn auch erkannt«, sagte Peter und ging schnell weiter. Kurz darauf standen sie vor der stabilen Gartenhütte, die nicht einmal vierzig Stunden zuvor noch Verenas Gefängnis gewesen war. Nun war sie unverschlossen. Die beiden gingen vorsichtig hinein, fanden aber nicht das Geringste darin, was ihnen weiterhelfen konnte. Erst als sie wieder an die frische Luft kamen, fand Peter in einem Busch die Einkaufstasche.

»Ist es die von Verena?«

»Möglich, aber ich weiß es nicht.«

»Trotzdem werden wir jetzt unverzüglich Claus Mergentheimer verständigen und ihm unsere Untersuchungsergebnisse mitteilen«, sagte Peter. »Er soll mit seiner Mannschaft das ganze Grundstück unter die Lupe nehmen. Immerhin habe ich draußen Fahrzeugspuren entdeckt, die auf einen Lieferwagen schließen lassen. Jetzt kann ich mir einen Reim darauf machen.«

»Mensch, deine Augen möchte ich haben«, sagte Stefan trocken. »Was sagt uns das jetzt?«

»Wir können nun ziemlich sicher sein, dass Verena auf der Straße überfallen und zumindest kurz hier festgehalten wurde. Später wurde sie mit diesem Lieferwagen abtransportiert. Den Spuren nach zu urteilen, war es ein geschlossener Kastenwagen mit etwa zwei Tonnen Leergewicht.«

»Donnerwetter, bist du unter die Fährtenleser gegangen?«

»Nein, aber es gehört bei der Kripo zur Ausbildung, dass man aus den Spuren am Tatort, noch bevor die Spurensicherung Details nennt, erste Hinweise ableiten kann. Das ist auch kein Hexenwerk. Sieh mal: Die Reifenspuren der Hinterachse sind fast genauso tief in den Boden gedrückt wie die der vorderen. Also war es ein Kasten- und kein Pritschenwagen. Die sind hinten deutlich leichter. Und das mit Tiefe, Spurweite und Radstand der Reifenabdrücke kennst du ja schon aus unserem Fall mit den Neo-Nazis.«[2]

Mit diesen Worten beendete Peter seinen kleinen Vortrag zum Thema Spurenauswertung und ging in Richtung Straße zurück. Stefan folgte ihm schnell.

Gerade als die beiden das Grundstück wieder verlassen wollten, kam ihnen ein kleines Kätzchen entgegengehumpelt und schmiegte sich schnurrend an Stefans Bein.

»Na, wer bist du denn?«, fragte er. »Schade, dass du nicht reden kannst. Dann weißt du wohl auch nicht, wie es Verena geht, oder?«

Das Kätzchen sah ihn verwundert an und maunzte: »Mau, mau.«

»Das glaube ich dir sogar.«

Mittlerweile war der Stundenzeiger an Verenas Armbanduhr auf elf vorgerückt, und sie hörte zwei Männer sogar durch die dicke Tür ihres Verlieses lautstark streiten. Ohne dass es einer der beiden draußen ahnte, war Verena aus ihrer langen und unfreiwilligen Schlafkur erwacht. Sie gähnte lange und ausgiebig, streckte sich wie eine Katze und stand mit schmerzendem Rücken auf. Man hatte ihr auf dem harten und unbequemen Lager lediglich eine dünne Decke gelassen.

Völlig orientierungslos und noch etwas benommen mur-

2   Vgl. Die Taunus-Ermittler Band 2: Spuren

melte sie: »Das ist ja sonderbar«, und erst mit einiger Verspätung fragte sie sich: Wie sieht es denn hier aus? Was mache ich hier? Und vor allem, wie zum Kuckuck komme ich hierher?

Unruhig schwankte sie zur Tür hinüber, die den Raum vom Rest des Hauses trennte, und rüttelte, obwohl sie ahnte, dass sie verschlossen war, am Türgriff. Wie sie es erwartet hatte, gab die Tür keinen Millimeter nach, und das sonderbare Gefühl, das sie schon beim Erwachen beschlichen hatte, steigerte sich nun zur Gewissheit. Man hielt sie hier gefangen.

Angst, fast schon Todesangst, begann sich in ihr breitzumachen, und sie war kaum zu einem klaren Gedanken fähig. Dann entdeckte sie das kleine, sauber geputzte Fenster an der anderen Seite des Raumes. Mit zwei, drei großen Schritten durchmaß sie das Zimmer, das kaum mehr als eine Kammer war, und musste feststellen, dass dieses Fensterchen kaum größer als eine bessere Luke und sehr hoch oben war. Zum Hinausklettern war es denkbar ungeeignet. Aber hinaussehen konnte sie wenigstens. Obwohl sie nicht gerade klein war, musste sie sich auf Zehenspitzen stellen und konnte doch nur gerade so über den unteren Fensterrahmen blicken. Und was sie sah, stimmte sie kein bisschen zuversichtlicher. Ganz im Gegenteil: Die turmhohen Bäume mit ihren meterdicken Stämmen und riesigen Kronen, durch die kaum ein Sonnenstrahl drang, machten ihr Angst. Ohne recht zu wissen, was sie tat, begann sie in ihrem Verlies auf und ab zu wandern und versuchte krampfhaft einen klaren Gedanken zu fassen.

Erst als ihr Marsch sie zu erschöpfen begann und sie sich auf der Pritsche niederließ, gelang es ihr, etwas ruhiger zu werden. Nun erinnerte sie sich nach und nach wieder daran, was geschehen war. Ihr fiel ein, dass sie auf dem Weg zu Yvonne Thaler gewesen war und dass man sie kurz vor dem Ziel auf diesem verwilderten Grundstück überwältigt hatte. Der Körperkraft nach muss der Angreifer ein Mann gewesen sein. Danach waren ihr die Sinne geschwunden. Das Letzte, was sie gesehen hatte, war dieser rötliche Lappen gewesen. Der Mann hatte sie also betäubt.

Die Erkenntnis, entführt worden zu sein, traf sie wie ein Paukenschlag. Bei ihr war doch absolut nichts zu holen! Selbst ihr neuer BMW war noch nicht abgezahlt. Bei Stefan und Onkel Peter sah es im Grunde nicht anders aus. Ihre Detektivagentur lief zwar ganz gut, aber Reichtümer waren damit nicht anzuhäufen. Auch ihre Eltern waren für eine Lösegeldforderung alles andere als geeignete Kandidaten. Nicht nur, dass sie in Australien kaum zu erreichen waren. Ihr Vater war als Bildhauer ein Künstler von klassischem Format. Mit Sparen hatten er und seine Frau nichts am Hut. Außer dem Anwesen in Sindlingen, auf dem noch immer eine Hypothek lastete, war kaum Vermögen vorhanden. Vielleicht Stefans Eltern? Sie hatten in Münster eine kleine, gut gehende Bäckereikette und waren nicht unvermögend. Aber nein – wer konnte das wissen, da Stefan nur wenig Kontakt zu ihnen hatte. Das war wohl zu weit hergeholt.

Das konnte dann aber nur eines bedeuten: Man hatte sie mit jemand ganz anderem verwechselt.

Dass die Entführung auch andere Gründe als eine Lösegeldforderung haben könnte, darauf kam sie zum Glück nicht. Es hätte ihr vermutlich auch noch die letzte Hoffnung geraubt. So klammerte sie sich an den winzigen Strohhalm im Strudel ihrer Angst, dass man sie vielleicht freilassen würde, sobald man den Irrtum bemerkte. Dadurch wurde sie ruhiger.

Aber damit meldeten sich auch ihre anderen Körperfunktionen zurück. Sie hatte Hunger und Durst. Zum Glück musste sie noch nicht zur Toilette. Sie kramte in ihrer Handtasche, die man ihr nicht weggenommen hatte und die sie noch immer fest umklammert hielt. Was etwas Essbares anging, hatte sie Glück, denn sie fand in ihrer geräumigen Tasche ihre Notration, eine fast volle Packung Gummibärchen. Gierig steckte sie sich eine Handvoll davon in den Mund und begann zu kauen. Erschrocken stellte sie fest, dass sie selbst in dieser Situation den Geschmack dieser Leckerei genießen konnte.

»Wie schnell der Mensch doch zufriedenzustellen ist«, murmelte sie, als ein Geräusch in ihrem Rücken sie herumfahren ließ.

Sie erzitterte bis ins Mark und sprang hoch.

Jan, der behäbigere der beiden Entführer, hatte den Raum betreten und lächelte sie freundlich an.

Hatte er seinen Irrtum bereits bemerkt, fragte sich Verena, aber der Mann zerstörte ihre aufkeimende Hoffnung schnell, als er sagte: »Na, bist du endlich aufgewacht? Setz dich hin und sag nichts. Es wäre doch jammerschade, wenn ich dir wehtun müsste.«

Verena tat, wie ihr befohlen. Eigentlich wollte sie keinen Ton von sich geben, damit der Entführer ihre Angst nicht bemerkte, aber ein langsam aufkommendes Bedürfnis zwang sie dazu.

»Ich muss mal.«

»Oh«, sagte Jan, drehte sich um und verließ den Raum.

Verena hatte gehofft, nach draußen geführt zu werden und in einem günstigen Moment fliehen zu können, aber der Mann erstickte ihre Hoffnung im Keim.

»Hier hast du einen Eimer. Tut mir leid, dass Ma… und

ich nicht daran gedacht haben. Du wirst erst mal damit vorliebnehmen müssen. Wenn du keine dummen Fragen stellst und nicht versuchst wegzulaufen, wird dir nichts geschehen; dafür verbürge ich mich. Aber wenn du irgendeine linke Nummer abziehen willst, kann ich für nichts garantieren. Überlege dir also sehr gut, was du tust.«

Verena nickte mechanisch, aber es kam kein Wort über ihre Lippen. Dabei lehnte sie sich zurück und schloss für einen Moment die Augen.

»Was ist?«, fragte Jan grinsend, »schon wieder müde?«

»Nein.«

Plötzlich packte sie eine Welle unbeschreiblicher Angst, als sie an ihren Verlobten Stefan, an Onkel Peter, ihre Eltern und Großeltern dachte, die sie vielleicht nie wiedersehen würde. Sie musste ganz vorsichtig sein, damit dieser Amateur – so wie er sich benahm, war er zweifellos einer – nicht durchdrehte. Ohne dass sie es verhindern konnte, begannen ihr die Tränen über die Wangen zu kullern, und sie starrte nur noch gedankenverloren in den Raum hinein. Bis ihr richtig bewusst wurde, dass sie hemmungslos weinte, vergingen bestimmt fünf Minuten, und sie bemerkte kaum, dass sich der Schlüssel von außen im Schloss drehte, da Jan hinausgegangen war.

Sie versank erneut in Grübeleien, und es dauerte lange, bis sie sich wieder beruhigte. Doch dann kamen ihr Überlebenswille und ihre Umsicht wieder zurück. Sie dachte, dass es sich nun auszahlte, dass sie schon so oft mitermittelt hatte, denn sie war geübt darin, sich so viele Details wie möglich einzuprägen. Das konnte später, wenn sie je wieder freikam, helfen, die Gangster dingfest zu machen. Dennoch gelang es ihr lange nicht, sich auf irgendetwas zu konzentrieren. Der Blick, den sie durch das Fenster geworfen hatte, machte ihr schwer zu schaffen. Diese hohen Bäume ließen darauf schließen, dass sie sich mitten im Wald befanden. Aber wohin zum Teufel hatten diese Mistkerle sie verschleppt?

Es dauerte lange, vielleicht Stunden, bis sie sich der Einsicht geschlagen gab, dass dieser Aspekt ihrer Entführung jetzt nicht zu klären war. Erst dann fand sie die Kraft, sich weiter umzusehen.

Sie stand vorsichtig auf, sah den Eimer, in den sie ihre Notdurft verrichten sollte, angewidert an und ließ den Blick weiter schweifen. Sie prägte sich alles ein, was wichtig sein konnte. Immerhin konnte sie feststellen, dass sie in einer recht massiv gebauten Holzhütte, vielleicht einer ehemaligen Forsthütte, untergebracht war.

Die Pritsche, auf der sie liegen musste, die geringe Größe des Raumes und die spartanische Ausstattung ließen darauf schließen, dass es sich bei ihrem Verlies um einen Abstellraum handeln musste.

Nachdem Verena ihre Umgebung begutachtet hatte, überdachte sie noch einmal ihre Lage. Sie war alles andere als rosig. Da ihr Entführer keinen allzu profihaften Eindruck machte, kam sie zu dem Schluss, dass es mindestens noch einen zweiten Mann geben musste, der hier das Kommando hatte. Das konnte vieles und musste beileibe nichts Gutes heißen. Würden die beiden sie am Ende beseitigen, wenn sie feststellten, dass sie die Falsche entführt hatten?

Dieser Gedanke ließ Verena erschauern, und sie suchte in ihrer Handtasche erneut nach der Tüte mit Gummibärchen, die bereits zur Neige gingen. Trotzdem nahm sie eine Handvoll heraus und schob sie sich in den Mund. So konnte sie vorerst wenigstens dem Hunger etwas entgegensetzen, während ihr Durst immer unerträglicher wurde.

Gut, dass ich gestern nicht die kleine Handtasche mitgenommen habe, dachte sie und fragte sich sogleich: Was heißt eigentlich gestern? Wie lange bin ich denn überhaupt schon in deren Gewalt? Meinem Durst nach zu urteilen ewig. Meine Hose fühlt sich an wie die eines Clochards, der wochenlang unter einer Brücke campiert hat, und das T-Shirt klebt nicht weniger an meinem Körper.

Dann versuchte sie sich vorzustellen, welcher Wochentag es sein könnte, aber sie hatte jegliches Zeitgefühl verloren.

Unterdessen wurden im Hauptraum wieder zwei Stimmen hörbar. Sie drangen auch dieses Mal nur sehr gedämpft an ihr Ohr, und sie verstand kein Wort. Verena schlich zur Tür und legte das Ohr gegen das dicke Holz, aber draußen war es nun wieder still.

Verdammt, wie komme ich hier wieder raus?

Als sie die Ausweglosigkeit ihrer Lage erkannte, lachte sie hysterisch auf, konnte den Laut aber zum größten Teil unterdrücken, bevor diese Typen am Ende noch zu ihr hereinkamen. Bisher hatte sie nur Jan, den sie als Ekelpaket bezeichnete, zu Gesicht bekommen. Hätte sie geahnt, dass Marc noch viel schlimmer war, ihre Angst und Tränen wären noch um einiges heftiger ausgefallen.

Die Stimmen, die Verena vernommen hatte, waren die aus einem Radio, das Marc eingeschaltet hatte, um seine Stimme zu überlagern.

Denn als er vom Einkaufen zurückgekommen war, hatte Jan erzählt, dass die Frau wach sei. Marc war sofort hellhörig geworden und hatte nachgefragt, woher er das denn wisse. So nach und nach hatte Jan zugegeben, dass er bei ihr im Raum gewesen war, und Marc hatte ihn angestarrt, als sei er ein grünes Marsmännchen.

Inzwischen standen die beiden schon eine Weile vor der Hütte und rauchten schweigend.

Plötzlich begann Marc zu schimpfen: »Du bist doch ein Trottel, nein, ein Vollidiot. Hast du jetzt vollends den Verstand verloren? Wie kannst du nur ohne Sturmhaube da hineingehen? Kannst du nicht warten, bis ich zurück bin und welche mitbringe? Jetzt müssen wir unsere Taktik noch mal ändern.«

»Ich dachte, sie schläft noch, und außerdem musste sie mal.«

Marc sah seinen Kumpanen wie ein ekliges Insekt an, das er am liebsten zertreten hätte, und äffte ihn nach: »Musste mal. Musste mal. – Hätte sie doch in die Ecke pullern sollen. Jetzt, da wir Hauben haben, hättest du ihr einen Putzlappen bringen können.«

Marc warf seine halb aufgerauchte Zigarette im hohen Bogen in den kleinen Bach, der dicht an der Hütte vorbeiführte. Da konnte sie keinen Schaden anrichten. Ganz im Gegensatz zu diesem Idioten Jan, der für ihn immer mehr zum unkalkulierbaren Risiko wurde.

»Okay«, erklärte Marc, nachdem er eine Weile schweigend auf die Motorhaube des alten Passat gestützt dagestanden hatte, und fuhr zu Jan herum: »Da die Frau dich gesehen hat, wirst du ihr von jetzt an das Essen bringen.«

»Wieso ich? Du willst mich wohl später abservieren?«

»Ach Quatsch!«, fuhr Marc auf, »aber wenn das hier erledigt ist, werden wir noch eine ganze Weile auf der Flucht sein. Da ist es gut, wenn wenigstens einer von uns sich in der Öffentlichkeit zeigen kann, ohne dass jeden Tag ein Phantombild von ihm durch die Presse geht.«

Jan ließ die fadenscheinige Erklärung ohne Widerspruch gelten, doch ein Blick in sein Gesicht hätte Marc genügt, um zu sehen, was Jan davon hielt; nämlich nichts.

So ging Marc ins Haus zurück und dachte belustigt: Diesen Trottel habe ich erst mal beruhigt.

Drinnen nahm er einen Pappteller und begann Brot, Wurst und Käse herzurichten. Dann legte er alles auf ein Tablett, stellte noch eine Flasche Wasser dazu und befahl Jan: »Los, bring ihr das rein.«

Jan fauchte sofort zurück: »Mach's doch selbst. Und überhaupt, wie lange soll das hier noch gehen? Willst du die Frau wochenlang durchfüttern? Ich werde das selbst essen, ich habe nämlich auch Hunger.«

»Halt deine Klappe und tu endlich einmal, was ich dir sage.«

Dass Jan sich mit seiner blödsinnigen Aktion selbst in eine brenzlige Situation gebracht hatte, störte Marc nicht besonders. Aber er wusste, dass er auf der Hut sein musste, damit Jan nicht auch ihn in Teufels Küche brachte. Marc hatte sich einen so schönen Plan zurechtgelegt, wie sie einigermaßen glimpflich aus der Sache herausgekommen wären. Da Jan sich Verena aber unmaskiert gezeigt hatte, war der Plan bereits Makulatur, bevor sie ihn besprochen hatten.

»Jetzt geh endlich, bevor uns die Frau vom Fleisch fällt. Auch wenn wir keine Million für sie bekommen, unser Fluchtgeld, also wenigstens fünfzigtausend, müssen ihre Angehörigen schon rausrücken.«

Endlich setzte sich Jan in Richtung Tür in Bewegung. Marc zog sich für den Fall der Fälle die Sturmhaube über. Es reichte schließlich, wenn sie später diesen Trottel beschreiben konnte. Das bedeutete aber auch, er musste Jan, wenn er ihn nicht gleich umlegen wollte, so lange mitschleppen, bis er in Sicherheit war. Erst wenn er in Rotterdam auf einem Frachter angeheuert hatte, wo man es mit der Identität der Matrosen oftmals nicht so genau nahm, konnte er sich von Jan trennen, ihn den Bullen zum Fraß vorwerfen und es so drehen, als ob er der Haupttäter wäre.

Unterdessen hatte Jan den Abstellraum betreten und stellte das Essen zu Verena auf die Pritsche, da sich nicht einmal ein Tisch darin befand.

Vor Freude, endlich etwas trinken zu können, wäre Verena dem Mann beinahe um den Hals gefallen, konnte sich aber gerade noch beherrschen.

Der Mann bemerkte genau, was in Verena vor sich ging. Er grinste breit und starrte auf ihre vollen Brüste, deren Warzen sich unter dem verschwitzten und somit noch enger anliegenden T-Shirt abzeichneten. Er schien mit sich zu kämpfen, ob er Verena berühren sollte. Er entschied sich, es nicht zu tun, drehte sich abrupt um und verließ die Kammer.

Verena, die wie versteinert auf ihrer Pritsche gesessen hatte, entspannte sich wieder ein wenig. Sie wagte nicht, sich vorzustellen, was noch alles passieren konnte, und verschlang in Windeseile alles, was sich auf dem Teller befand. Danach setzte sie die Wasserflasche an den Mund und wollte sie im ersten Impuls austrinken. Doch nach einigen gierigen Schlucken beschloss sie, sich das Wasser einzuteilen, setzte die Flasche ab und verschraubte sie sorgfältig. Schließlich wusste sie nicht, wann es ihren Entführern erneut einfiel, ihr etwas zu trinken zu geben.

4.

Schweren Herzens entschloss sich Peter Stettner, nun endlich seinen Bruder Joachim und seine Schwägerin Sabine, die zurzeit aus beruflichen Gründen in der Nähe von Sydney lebten, anzurufen. Schließlich mussten sie erfahren, was mit ihrer einzigen Tochter geschehen war.

»Sollten wir nicht erst mal die Vermisstenanzeige erneuern? Inzwischen sind es fast achtundvierzig Stunden. Jetzt müssen sie doch ermitteln?«, fragte Stefan.

»Das mache ich gleich nach dem Anruf bei Joachim und Sabine. Aber ich setze mich dann direkt mit Claus in Verbindung. Im Moment traue ich mich gerade mal, das unangenehme Gespräch mit meinem Bruder zu führen. Eigentlich müsste ich ja auch meine Eltern ins Bild setzen, aber solange die Medien noch nichts mitbekommen haben, werde ich die alten Leute nicht beunruhigen.«

Nachdem Stefan ihm zugestimmt hatte, griff er zögernd zum Hörer und wählte die lange, nicht enden wollende Nummer, die ihn mit Sydney verband. Es dauerte, obwohl in Australien fast schon Mitternacht war, nur wenige Augenblicke, bis er die Stimme seines Bruders vernahm.

»Schön, deine Stimme zu hören!«, rief Joachim ziemlich laut, und Stefan zuckte zusammen, da Peter auf Mithören gestellt hatte. »Wie geht es euch? Wir haben schon lange nichts von dir gehört, geschweige denn von unserer Tochter.«

»Äh, ja, wie geht's euch im australischen Busch?«, fragte Peter zurück, da er nicht gleich mit der Tür ins Haus fallen wollte.

»Busch ist gut«, entrüstete sich Joachim prompt, »auch wenn die Innenstadt von Sydney fast zwanzig Meilen entfernt liegt, leben wir doch am Rande einer Metropole.«

»Das sollte auch nur ein Witz sein und ...«

»Peter, du rufst nicht mitten in der Nacht an, um blöde Witze zu machen. Was ist los, gibt's Probleme?«, fragte Joachim, der bereits an Peters Stimme bemerkt hatte, dass dieser etwas auf dem Herzen hatte.

»Äh, ja ...«

»Gesundheitlicher Art?«

»Nein, es ist ...«

»Ist was mit Mama und Papa?«

»Nein, setz dich erst mal hin.«

»Sabine und ich sitzen bereits. – Es geht um Verena, stimmt's?«

»Ich trau mich gar nicht, euch die Wahrheit zu sagen ...«

»Verdammt, was ist los, jetzt red schon!«, schrie Peters Bruder ins Telefon.

»Verena ist nicht von der Arbeit nach Hause gekommen und ...«

»Ach, ist sie mit oder ohne Stefan durchgebrannt?«

»Joachim, red keinen Unsinn. Stefan sitzt hier neben mir und hat genauso eine Scheißangst wie ich. Es gibt erste Hinweise darauf, dass sie entführt wurde.«

»Was sagst du da?! – Habt ihr sie denn schon als vermisst gemeldet?«

»Ja, gleich als wir merkten, dass sie nicht nach Hause kommt. Aber der diensthabende Beamte hat uns nicht ernst genommen und gemeint, sie hätte bestimmt eine Auszeit aus ihrer Beziehung genommen.«

»So ein Esel! Was wirst du weiter tun?«

»Wir werden auf eigene Faust recherchieren und Claus Mergentheimer, meinen Freund bei der Hofheimer Kripo, hinzuziehen.«

»Das ist gut. Habt ihr es Mama und Papa schon gesagt?«

»Nein. Ich wollte es, solange noch nichts davon durch die Nachrichten geht, von ihnen fernhalten.«

»Das find ich nicht so gut«, meldete sich nun aus dem Hintergrund Verenas Mutter, »stell dir vor, du verpasst den richtigen Moment, und sie erfahren es von den Nachbarn, die es in der Zeitung gelesen haben, was dann?«

Betreten sah Peter zu Stefan hinüber. Dass so etwas passieren könnte, daran hatten sie keine Sekunde lang gedacht.

»Ihr habt recht. Ich melde mich wieder, sobald es etwas Neues gibt«, sagte Peter schnell, verabschiedete sich und legte auf.

Nur wenige Sekunden später wählte er die Nummer der Hofheimer Kriminalpolizeidienststelle.

Auf der Hofheimer Polizeiwache saß Kriminalhauptkommissar Claus Mergentheimer an seinem Schreibtisch und starrte gedankenverloren aus dem Fenster. Noch eine Stunde, dann hatte er nach einer anstrengenden Zwölf-Stunden-Schicht endlich Feierabend.

Er schlürfte an seiner zehnten Tasse Kaffee und aß dazu das letzte Stück Brot, das seine Frau ihm am frühen Morgen mitgegeben hatte. Dabei schaute er dem heftigen Platzregen zu, der seit einigen Minuten herniederprasselte.

Ein Segen, dass ich hier im Trocknen sitze, dachte er und bemitleidete seine Kollegen, die gerade in einer Einbruchsermittlung unterwegs waren. Dann las er den Zeitungsbericht über seinen Lieblings-Handballverein, der bei einem

Turnier am vergangenen Wochenende eine völlig enttäuschende Vorstellung abgeliefert hatte.

Missmutig legte er die Zeitung zur Seite, trank seinen Kaffee aus und sah zu Franz Leitner hinüber, der griesgrämig über seinem Bericht brütete. Leitner war trotz der fast fünfzig Jahre, die er auf dem Buckel hatte, noch immer Kriminalhauptmeister, denn er war oft krank und wurde deshalb bei Beförderungen meist übergangen. Dementsprechend war auch seine Laune.

Claus Mergentheimer stand auf, brachte seine Tasse zum Spülbecken und ging zurück zu seinem Schreibtisch, wo noch immer die Vernehmungsprotokolle in einem Fall von Autodiebstahl auf ihn warteten. Da läutete das Telefon.

Als er am Schreibtisch seines Kollegen vorbeikam, sagte dieser griesgrämig: »Für dich«, und hielt ihm den Hörer entgegen.

»Wer ist es denn?«

»Peter Stettner.«

»Kannst du mir das Gespräch auf meinen Apparat umlegen?«

»Klar doch«, brummte Franz Leitner und drückte eine Taste an seinem Telefon.

»Kriminalpolizei Hofheim, Claus Mergentheimer am Apparat. Peter, was gibt's denn? Seit Ewigkeiten hab ich nichts von dir gehört.«

»Danke, ebenfalls.«

»Wie geht's dir denn?«

»Na ja, ich muss zurzeit in eigener Sache ermitteln.«

»Warum denn das? Ist was passiert?«

»Wir befürchten es. Meine Nichte Verena ist vor zwei Tagen nicht von der Arbeit nach Hause gekommen.«

»Geht sie fremd?«

»Fang du bitte nicht auch noch so an.«

»Wie soll ich das verstehen?«

»Das haben mich die Kelkheimer Polizisten auch schon gefragt, als ich sie als vermisst melden wollte.«

»Ach, du meine Fresse«, entfuhr es Claus ungewollt, »weißt du mehr?«

»Nun ja, Verena ist seitdem spurlos verschwunden, und wir haben inzwischen Grund zu der Annahme, dass sie entführt wurde.«

»Entführt? Machst du Scherze, Peter?«

»Keineswegs. Nachdem uns die Beamten in Kelkheim nicht ernst genommen haben, sind wir selbst losgezogen und haben ermittelt. Dabei haben wir einiges herausgefunden.«

»Himmelherrgott noch mal! Das erzählst du so einfach im lockeren Plauderton; bist du noch zu retten? Du hättest den Kollegen in Kelkheim ruhig etwas mehr auf den Nerv gehen können, dann hätte ich die Sache vermutlich bereits auf dem Schreibtisch. Na gut, was hast du denn herausgefunden?«

»Wir konnten die Uhrzeit, in der es passiert sein muss, auf fünfzehn bis sechzehn Uhr eingrenzen, und ich denke, wir haben auch den Platz gefunden, an dem die Entführung stattfand.«

»Wo denn?«

»In der Straße Im Förstergrund in Kelkheim.«

»Ist ein Erpresserbrief gekommen? Oder ein Anruf?«

»Nein, bis jetzt nicht.«

»Das kann vieles und nichts bedeuten«, sagte Claus so ruhig wie möglich. »Ich komme mit den Kollegen von der Spurensicherung zu dir, und du zeigst uns den Ort. In einer halben Stunde sind wir da.«

Nicht einmal dreißig Minuten später war Claus Mergentheimer mit seinem kleinen Team, das aus drei Männern bestand, vor Ort, und sie hatten alles gesichert, was zu sichern war. Dennoch konnten sie kaum mehr sagen als das, was Peter bereits wusste.

»Das kommt jetzt alles ins Polizeilabor nach Wiesbaden, denn die müssen wir auf jeden Fall mit einbeziehen.«

»Muss das sein?«, fragte Peter.

»Du weißt doch selbst am besten, dass ohne die Truppe nichts geht.«

»Ja schon …«

»Auch wenn du mit den Wiesbadenern nicht so gut klarkommst, du weißt, dass wir hier in Hofheim keine ständige Kommission Menschenraub haben und die Wiesbadener nun mal für den Main-Taunus-Kreis zuständig sind. Es würde mich nicht mal wundern, wenn das LKA mitmischen wollte.«

»Wie bitte?«

»Mensch, du stehst ja völlig neben dir«, bemerkte Claus. »Man sieht deutlich, dass du selbst betroffen bist. Wenn Verena zum Beispiel in den Hochtaunuskreis gebracht wurde, dann ist auch Frankfurt zuständig. Das heißt eine überregionale Ermittlung und somit Sache des LKA.«

Während am Freitagmorgen das Wiesbadener Kommissariat Menschenraub die Arbeit im Fall Stettner aufnahm und die Detektive ihre Brummschädel pflegten, da sie am Vorabend tüchtig gebechert hatten, zeigte sich an anderer Stelle ein kleiner Silberstreifen am Horizont. Niemand, und schon gar nicht Carmen Steinmüller selbst, ahnte, dass sie schon bald einen der zahlreichen Schlüssel zur Lösung des Falles Verena Stettner in der Hand halten würde.

Als sie ihrem Mann am Morgen erklärte, sie müsse unbedingt mal wieder einen Großputztag einlegen, sagte er nur: »Viel Spaß«, und verschwand zur Arbeit.

»Das ist ja mal wieder typisch Mann. Wenn's ernst wird, setzt er sich ab«, grollte Carmen und zog die Schiebetür des Wandschranks energisch zur Seite.

Leider erwischte sie dabei auch den losen Einlegeboden, der prompt nach vorn kippte, und ein ganzes Sammelsurium an Reinigungsmitteln landete auf dem Boden. Mittendrin natürlich der Teppichschaum, der voll aufs Ventil knallte und seinen Inhalt dem Parkettboden zukommen ließ. Carmen fluchte wie ein Rohrspatz, räumte auf, wischte den Flur durch und hatte schon genug vom Putzen, obwohl sie noch kaum begonnen hatte.

»So nicht!«, grollte sie, und als sie feststellte, dass ihr einige wichtige Reinigungsmittel fehlten, nahm sie das als willkommenen Anlass, den Hausputz erst einmal zu verschieben.

Sie nahm sich vor, nicht den erstbesten Drogeriemarkt aufzusuchen, sondern nach Glashütten zu fahren. Dabei konnte sie dann ihre Freundin Evelyn in Esch besuchen, die mit einer heftigen Sommergrippe im Bett lag.

Nur wenige Augenblicke später rangierte sie ihren altersschwachen VW Polo rückwärts aus der Doppelgarage und freute sich, dass der Wagen ohne zu murren angesprungen war. Das war bei diesem Auto keineswegs selbstverständlich.

Obwohl es ächzte und knarrte wie ein alter Viermaster, kam sie gut nach Glashütten. Sie parkte auf dem abschüssigen Parkplatz so ein, dass sie es problemlos anrollen lassen konnte, falls es wieder einmal nicht ansprang. An diesem Tag war ihr aber das Glück hold, und es dauerte nicht lange, bis sie in der Schulgasse in Esch einparkte. Mit einem Blumenstrauß bepackt betrat sie das Haus, wo Evelyn mit ihrem langjährigen Freund Marco wohnte.

Als sie im ersten Stock ankam, stand Evelyn schon in der Tür, und Carmen sagte: »Da staunst du, was?«

»Allerdings«, krächzte ihre Freundin.

»Wie geht es dir denn?«

»Blendend, wie du hörst. Willst du einen Kaffee?«

»Gern, aber es muss nicht sein.«

»Ich koch trotzdem einen; nur habe ich keine Dosenmilch mehr. Mein Kühlschrank ist so was von leer. Es wird Zeit, dass ich wieder einkaufen gehen kann.«

»Sag das doch gleich. Ich mache das für dich, wenn Marco so faul ist.«

»Dazu erzähl ich dir später was«, sagte die junge Frau, und Carmen fuhr an diesem Tag zum zweiten Mal nach Glashütten.

Ihr Auto machte alles anstandslos mit, und sie hoffte, dass sie auch gut zurückkäme, aber als sie auf dem Rückweg die Kreuzung passierte, wo die Straßen nach Oberems und Kröftel abzweigten, wurden ihre Hoffnungen innerhalb weniger Sekunden zunichtegemacht. Das Auto fing an zu ruckeln und zu springen wie ein störrischer Ziegenbock.

»Oh nein, nicht schon wieder«, sagte Carmen laut und bog in den nächsten Waldweg ein. Schon nach wenigen Metern starb der Motor endgültig ab und war weder durch gutes Zureden noch durch Drohungen wieder zum Laufen zu bringen.

»Du bist störrisch wie ein Esel, vielleicht hättest du besser einer werden sollen«, brummte Carmen ärgerlich und rief mit ihrem Handy den ADAC an.

Der Mann am anderen Ende der Verbindung versprach

ihr, dass trotz der momentanen Auslastung in spätestens einer Stunde ein Servicewagen vor Ort wäre.

Dann rief Carmen ihre Freundin an, damit diese sich nicht unnötig sorgte.

Wenig später begann sie sich zu langweilen, stieg aus dem Auto und lief ein Stück in den Wald hinein, um sich die Beine zu vertreten. Sie ging eine Weile, ohne sich Gedanken darüber zu machen, wie weit sie sich vom Auto entfernte. Plötzlich sah sie etwas Weißes durch die Bäume schimmern, und es war ihr, als sei dort ein Auto abgestellt worden. Von ihrer ausgeprägten Neugier angetrieben, ging sie darauf zu und sah nach fünf Minuten vor sich einen weißen Kastenwagen stehen. Augenblicklich erinnerte sie sich an ihre nächtliche Beobachtung, und ihr Wissensdrang siegte ein zweites Mal. Betont gleichgültig schlenderte sie zu dem Transporter hinüber und war darauf gefasst, dass sich irgendwelche Ganoven dort aufhielten. Als sie jedoch näher kam, merkte sie, dass keine Menschenseele da war, und sie riskierte einen Blick durch die verschmutzten Heckscheiben der Flügeltüren. Alles leer.

Dann sah sie zum Nummernschild hinunter, stellte fest, dass der Wagen noch mehr als ein Jahr TÜV hatte und dachte: Schrott bist du also nicht. Warum du wohl hier stehst?

Sie nahm den Notizblock aus ihrer Handtasche, notierte Fahrzeugtyp sowie Kennzeichen. Inzwischen war sie fast sicher, dass dies der Lieferwagen war, der in der Nacht zum Mittwoch ohne Beleuchtung davongefahren war.

Danach sah sie auf ihre Armbanduhr.

Oh, verflixt, ich muss zum Wagen, dachte sie. Nicht dass der Servicemann wieder wegfährt, nur weil ich nicht da bin.

Im Sturmschritt eilte sie zurück und kam gerade in dem Moment an, als das Fahrzeug des ADAC auf den Waldweg einbog.

Der Mechaniker öffnete die Motorhaube des Polo, sah stirnrunzelnd hinein und sagte spöttisch: »Der Wagen hat aber auch schon bessere Tage gesehen.«

»Wie wahr«, stöhnte Carmen.

Dann schraubte der Mann eine ganze Weile am Motor herum, bis er freundlich, aber ernst sagte: »Wissen Sie, dass Sie ziemlich viel Glück gehabt haben?«

»Wie meinen Sie das?«

»Die Kraftstoffleitung hatte sich gelöst, und wenn der austretende Kraftstoff sich am heißen Motor entzündet hätte …«

»Du meine Güte. – Kann ich denn jetzt überhaupt noch mit dem Wagen fahren?«

»Das geht schon, ich habe das erst einmal repariert. Ihr Fahrzeug ist dennoch in einem jämmerlichen Gesamtzustand. Lassen Sie es mal gründlich durchchecken, wer weiß, was sonst noch alles kaputt ist.«

»Klingt vernünftig, aber wir haben gerade erst gebaut, und da ist das Geld knapp.«

»Ich verstehe das Problem, aber setzen Sie Ihre Gesundheit nicht leichtfertig aufs Spiel.«

»Natürlich nicht, vielen Dank.«

Nun beeilte sich Carmen, ihren Wagen zu starten, was problemlos gelang, und sie fuhr zügig nach Esch.

»Gott sei Dank bist du unversehrt wieder da!«, entfuhr es Evelyn, als Carmen sich geschafft auf den Sessel im Wohnzimmer fallen ließ. »Du hättest doch mein Auto nehmen können.«

»Wieso denn? Die Karre springt ja wieder tipptopp an.«

»Na gut, lassen wir das. Der Kaffee ist auch fertig.«

»Prima, den kann ich jetzt dringend gebrauchen«, sagte Carmen und berichtete ihrer Freundin, was sie im Wald gesehen hatte.

»Bist du dir da wirklich sicher?«, fragte Evelyn.

»Danke schön. Fängst du jetzt auch an wie mein Mann? Der würde nämlich sagen: Du spinnst mal wieder gewaltig, meine Liebe.«

»Das sieht Ingo wirklich ähnlich, so besonnen, wie der immer ist … Aber du hast mit ihm trotzdem Glück gehabt.«

»Du mit Marco etwa nicht?«, erwiderte Carmen prompt. »Warum geht er eigentlich nicht für dich einkaufen?«

»Soll das ein Witz sein? Der würde mir was husten«, fuhr Evelyn hoch, und wie zur Bekräftigung bekam sie einen heftigen Hustenanfall.

Danach sprach sie weiter: »Ach, das mit uns ging nicht mehr. Marco hatte in letzter Zeit ohnehin ständig irgendwelche Tussis am Start, und auf der letzten Party bei seinem besten Freund war das Maß dann voll. Er hat die neue Freundin seines Freundes regelrecht abgefüllt und dann im Nebenzimmer auf dem Billardtisch verführt. Als sein Freund dazukam, waren der Abend und die Freundschaft schnell beendet. Auf dem Nachhauseweg habe ich versucht, vernünftig mit Marco zu reden, aber kaum hatten wir hier die Wohnung betreten, hat Marco mir eine derartige Ohrfeige versetzt, dass mir heute noch die Backe brennt. Da war Schluss. Während Marco am nächsten Morgen bei der Arbeit war, hab ich hier alle Schlösser austauschen lassen und sein Zeug in drei großen Kartons vor die Tür gestellt.«

»Richtig so! Das hast du prima gemacht. Der Typ hat sie ja nicht alle der Reihe nach.«

»Ja, aber acht Jahre einfach so wegwerfen?«, begann Evelyn, dann bekam sie einen Weinkrampf.

Carmen tröstete ihre Freundin, und als diese sich wieder beruhigt hatte, sah sie erschrocken auf ihre Armbanduhr.

»Was, so spät ist es schon? Das Putzen kann ich mir heute sparen, denn bald kommt Ingo von der Arbeit. Mir kommt es aber so vor, als ginge es dir wieder besser.«

»Ja, das stimmt, dein Besuch hat mir gutgetan.«

Als Carmen zu Hause ankam, fuhr sie wie meist rückwärts in die Doppelgarage hinein. Beim Aussteigen fiel ihr Blick auf das verwilderte Grundstück gegenüber, und sie sah, dass das kleine Kätzchen, dem sie gelegentlich etwas Futter gab, auf sie zugehumpelt kam.

»Na, du Süße, du hast es auch nicht leicht«, lockte sie das Tier, das sich vertrauensvoll an ihre Beine schmiegte, dazu maunzte und dann wieder zu dem Grundstück humpelte.

Dabei blickte die Katze sich immer nach ihr um, als wollte sie sagen: Komm, spiel mit mir.

»Das könnte dir so gefallen«, sagte Carmen grinsend, ging aber hinüber zu dem Tier und sah, dass es eine Art Schlammknäuel den Rinnstein entlangwälzte.

»Das ist aber keine Maus«, sagte Carmen lachend, dann sah sie, dass in dem Knäuel etwas aufblitzte. Was war das denn?

Nur widerwillig ließ die Katze sich ihr Spielzeug abnehmen. Das glänzende Etwas, das Carmen aus dem Schlamm herauspulte, entpuppte sich als Ring. Achtlos warf sie den Knäuel ins Gras des verwilderten Grundstücks und lief in Gedanken versunken zum Haus zurück.

So einen Ring warf niemand achtlos weg. Denn dass er wertvoll war, traute sie sich zu zu beurteilen. Inzwischen hatte der Fundort ihre Fantasie in Gang gesetzt, und sie fragte sich: Wie kommt der hierher? Den muss doch jemand vermissen. Was mache ich damit? Gehe ich damit zum Fundbüro oder besser gleich zur Polizei?

Zwei Stunden später kam ihr Mann von der Arbeit, und nach dem Abendessen erzählte Carmen vom Besuch bei ihrer Freundin.

»Ich dachte, du wolltest putzen?«

»Das wollte ich auch, aber es kam mal wieder alles ganz anders«, begann sie.

Dann erzählte sie von Evelyns Kummer, der Autopanne und von ihrer Entdeckung im Wald. Zum Schluss zog sie ihren Fund aus der Tasche und sagte: »Diesen Ring habe ich dort drüben vor dem verwilderten Grundstück gefunden; das kleine Kätzchen hat damit gespielt.«

»Welches Kätzchen?«

»Aber Ingo, seit Wochen humpelt doch schon dieses kleine Kätzchen durch unsere Straße.«

»Meine Nerven«, stöhnte ihr Mann, »um alle kümmerst du dich, nur nicht um mich. Wahrscheinlich hast du die Katze auch noch gefüttert.«

»Was dagegen?«

»Solange du mich dabei nicht vergisst ...«

»Wie könnte ich das«, sagte Carmen, setzte sich auf den Schoß ihres Mannes und kuschelte sich an ihn. »Ist es so besser?«

»Allerdings.«

»Aber dein Bart kratzt entsetzlich.«

»Na ja, entsetzlich ist eher dein Auto.«

»Das hast du jetzt aber sehr wohlwollend ausgedrückt.«

»Ich weiß, aber ich habe ja auch schon eine Idee.«

»So?«

»Ja, ich hab mich in der Firma umgehört, und ein Kollege muss demnächst den Zweitwagen gegen einen Zwillingskinderwagen eintauschen.«

»Was habe ich damit zu tun?«

»Der Wagen ist prima in Schuss, erst sechs Jahre alt und hat kaum fünfzigtausend Kilometer drauf. Außerdem soll er nur fünftausenddreihundert kosten. Wäre das was für dich?«

»Können wir uns das leisten?«

»Irgendwie wird's schon gehen.«

»Super, Schatz«, rief Carmen aus, fiel ihrem Mann um den Hals und küsste ihn so stürmisch, dass der Ring, der auf dem Wohnzimmertisch lag und ganz in Vergessenheit geraten war, klirrend auf die Fliesen fiel.

»Verdammt, Ingo, jetzt weiß ich immer noch nicht, was ich damit machen soll.«

»Ach, Carmen. Wenn du unbedingt die Meinung von Spezialisten dazu hören willst, dann wende dich doch an das Detektivbüro in der Frankfurter Straße. Stettner und Weimershaus heißen die, glaube ich. Du kannst ja morgen mal da anrufen.«

»Nein, ich geh direkt vorbei, ich bin dann sowieso in der Ecke, bei meinem Friseur.

»Da hab ich ja was angerichtet!«, rief Ingo lachend, »vielleicht engagieren dich die Detektive ja vom Fleck weg als Mitarbeiterin.«

5.

»Was können wir für Sie tun?«, fragte Peter Stettner neugierig, noch bevor Frau Steinmüller Guten Tag sagen konnte.

Eine Ablenkung von der verhassten Büroarbeit war ihm immer willkommen.

»Mein Name ist Carmen Steinmüller, ich wohne Im Förstergrund und habe dort etwas Seltsames beobachtet. Ich wollt nur einmal wissen …«

»Wo wohnen Sie?«, fragte Stefan heiser, und Peter bat die verwunderte Frau, sich zu setzen. »Erzählen Sie uns bitte von Ihrer Beobachtung. Vielleicht passt sie zu einem Fall, den wir gerade bearbeiten.«

Das ließ Carmen Steinmüller sich nicht zweimal sagen: »Da war in der Nacht von Dienstag zu Mittwoch ein weißer Lieferwagen, der noch vor Mitternacht, völlig unbeleuchtet, das verwilderte Grundstück gegenüber unserem Haus verlassen hat.«

»Frau Steinmüller, erzählen Sie weiter, ich habe das Gefühl, das könnte tatsächlich unseren Fall betreffen.«

Sie erzählte von ihrem Besuch bei der Freundin in Esch und wie sie dank ihres defekten Autos den Lieferwagen im Wald entdeckt und wiederzuerkennen geglaubt hatte. Zum Schluss zog sie den Ring aus der Tasche und hielt ihn den Detektiven hin.

Stefan wurde ganz blass und stammelte: »Das ist Verenas

Ring, den ich ihr damals, als wir frisch verliebt waren, auf Rhodos geschenkt habe. Sie hat ihn gehütet wie ihren Augapfel.« Dann versagte ihm die Stimme.

»Wo haben Sie diesen Ring gefunden?«, hakte Peter nach.

»Er lag im Rinnstein, und ein kleines, hinkendes Kätzchen hat damit gespielt.«

»Wenn es noch eines Beweises bedurft hätte, dass Verena entführt wurde, das wäre er gewesen.«

»Entführt?«, fuhr Carmen Steinmüller hoch. »Wer denn?«

»Meine Verlobte und die Nichte meines Kompagnons«, erklärte Stefan.

»Das ist ja schrecklich«, sagte Carmen betroffen und starrte dabei das Bild auf Stefans Schreibtisch an. »Wie kommen Sie denn an ein Foto von Carina Heuser?«

»Von wem bitte?«

»Carina Heuser ist die Nichte meiner Nachbarin.«

»Das ist aber nicht Carina, das ist Verena Stettner, meine Verlobte..«

»Ja, wenn man genauer hinsieht, erkennt man minimale Unterschiede.«

Carmen fragte nach Verenas Alter und war verblüfft, dass sie sieben Jahre älter war als die einundzwanzigjährige Carina. »Trotzdem, die beiden könnten fast Zwillinge sein.«

»Ja, das scheint mir der Schlüssel zum Ganzen zu sein«, sagte Peter nachdenklich. »Sind Carinas Eltern reich?«

»Zumindest nicht unvermögend. Ihr Vater ist Bauunternehmer in Eppstein, und seine Firma geht, soviel ich weiß, recht gut.«

»Vielen Dank, Frau Steinmüller. Sie haben uns sehr geholfen. Ich werde umgehend die Polizei über diese offensichtliche Verwechslung unterrichten. Schließlich muss diese Familie gewarnt werden, falls es der Entführer noch einmal versuchen sollte.«

»Das wäre ja schrecklich. Ich werde weiterhin aufpassen.«

»Tun Sie das. Falls Ihnen noch etwas einfällt oder Sie etwas beobachten, können Sie uns Tag und Nacht anrufen«, sagte Peter und drückte der Frau eine seiner brandneuen, goldfarbenen Visitenkarten in die Hand.

Als Carmen Steinmüller bereits in der Tür stand, fiel Stefan noch etwas ein: »Hatten Sie den Eindruck, dass der Lieferwagen dort nur kurz geparkt wurde, oder war er langfristig dort abgestellt, also quasi entsorgt?«

»Keine Ahnung. Ich habe jedenfalls niemanden beim Wagen gesehen. Deshalb habe ich mir Autonummer und Fahrzeugtyp notiert.«

»Das haben Sie sehr gut gemacht«, lobte Peter. »Darf ich den Zettel mal sehen?«

»Sie können ihn sogar behalten. Aber was soll ich denn nun mit dem Ring machen?«

»Sie können ihn hier lassen oder aber der Polizei geben. Die wird sich ohnehin mit Ihnen in Verbindung setzen.«

»Dann gebe ich Ihnen den Ring.«

»Wir werden ihn als Beweisstück an die Kripo weiterleiten.«

Kaum hatte Carmen Steinmüller die Bürotür hinter sich ins Schloss gezogen, da ließ sich Peter auf seinen Bürostuhl fallen und murmelte: »Jetzt kommt Bewegung in die Sache.«

Dann wählte er die Nummer, die ihn mit Kriminalhauptkommissar Claus Mergentheimer in Hofheim verband. Der versprach, alles Nötige zu veranlassen und sich bei ihnen zu melden, sobald es neue Erkenntnisse gebe.

»Was für ein Vormittag«, stöhnte Stefan, »ich hätte diese Frau Steinmüller küssen können.«

»Bloß nicht«, rief Peter mit einem Anflug von Galgenhumor. »Was sollten Verena und vor allem Herr Steinmüller denn dabei denken?«

»Wie wahr«, sagte Stefan grinsend, um dann übergangslos mit tiefer Traurigkeit in der Stimme fortzufahren: »Peter, jetzt sind wir schon fast vier Tage ohne Lebenszeichen von Verena. Hat das alles noch einen Sinn?«

»Wart's doch erst mal ab. Hoffentlich braucht Claus nicht so lange, bis er uns gute Nachrichten bringt. Und außerdem, wer sagt dir denn, dass sich der Entführer, als er seinen Irrtum bemerkte, nicht erst mal überlegen musste, wie er weiter vorgeht und ob er sich heute oder morgen meldet.«

»Ich könnte ihn doch ohnehin nicht bezahlen.«

»Du bist doch nicht allein. Da bin erst einmal ich; ich hab ein bisschen was gespart. Und Papa auch.«

»Und meine Eltern könnten …«

»Siehst du, wenn's hart auf hart kommt …«

Mitten in ihre Unterhaltung platzte das Telefon. Als es zu läuten begann, zuckte Peter zusammen, und Stefan ballte die Fäuste.

»Ach Annika, du bist es«, sagte Peter, stellte den Lautsprecher an, und Stefans Miene entspannte sich sofort.

»Ich wollte mal wieder deine Stimme hören und vor allem, was es Neues gibt.«

»Noch nicht sehr viel«, wiegelte Peter ab, »aber ich warte auf einen wichtigen Rückruf.«

»Dann machen wir es kurz. Rufst du mich heute Nachmittag an?«

»Klar, mach ich.«

Zwei zermürbend lange Stunden später klingelte das Telefon erneut. Peter hob ab.

»Es gibt viele Neuigkeiten«, begann Claus sofort, und Peter schaltete auf Mithören um. »Wir haben den Halter des Lieferwagens ausfindig gemacht. Es ist ein Gemüsehändler aus Hattersheim, der auf verschiedenen Wochenmärkten der Region seine Ware anbietet. Ihm wurde der Transporter am Dienstagnachmittag auf der Autobahnraststätte Medenbach gestohlen. Ich bin mit ihm in den Wald rausgefahren, wo der Wagen stand. Der Mann hat einen Tobsuchtsanfall bekommen, als er sah, wie zerkratzt das Fahrzeug war.«

»Könnte der mit drinhängen?«

»Nein, aller Voraussicht nach nicht. Er hat seit dem Diebstahl des Wagens ein lückenloses Alibi. Außerdem war die Entrüstung über den Zustand seines Fahrzeugs echt. In Absprache mit den Wiesbadener Kollegen habe ich auch die Familie Heuser gewarnt. Allerdings schaltet sich jetzt das LKA ein, und auch die Kripo Bad Homburg wird hinzugezogen, die für den Fundort des Wagens zuständig ist.«

»So, so …«, brummte Peter, der mit mehr gerechnet hatte, aber Claus hatte ihn bereits verstanden.

»Nicht ungeduldig werden, ich bin ja noch nicht fertig.«

»Dann red schon, wir haben nicht ewig Zeit.«

»Die Bad Homburger Kollegen hatten auch noch etwas beizusteuern, was von Nutzen sein könnte. In den frühen Morgenstunden des Mittwochs wurde in Niederems, kaum zwei Kilometer Luftlinie vom abgestellten Transporter entfernt, ein älterer VW Passat gestohlen. Dazu passend wurden im morastigen Waldboden direkt beim Lieferwagen Reifenspuren gesichert, die von einem solchen Passat stammen könnten. Wir haben zwei Kollegen vor Ort zu dem Besitzer geschickt, ich werde im Laufe des Nachmittags die Rückmeldung bekommen. Nach Feierabend komme ich zu euch. Dann habe ich vielleicht schon weitere Neuigkeiten im Gepäck.«

»Wann wird das sein?«

»So gegen achtzehn Uhr. Aber jetzt muss ich hier die Leitung frei machen. Tschüss.«

»Ja, bis heute Abend und danke, Claus.«

Nicht einmal zehn Minuten später verließen die beiden Detektive das Büro und gingen gemessenen Schrittes in die Hauptstraße zurück. Dabei sprachen sie kaum ein Wort, denn jeder war mit seinen eigenen Gedanken beschäftigt. Dass diese in Peters Fall zumindest teilweise um Annika kreisten, merkte man daran, dass er, kaum waren sie zu Hause, zum Telefonhörer griff und ein sehr langes Gespräch mit ihr führte.

Stefan duschte unterdessen ausgiebig, aber die Körperpflege geriet dabei eher zur Nebensache. Mit der Zeit merkte er nicht einmal mehr das Prickeln des Wassers auf seiner Haut, denn er musste unentwegt an Verena denken, die irgendwo, vielleicht in einem kalten und schmutzigen Verlies, einer ungewissen Zukunft entgegenblickte.

Ach, Schatz, wo bist du nur? Was kann ich für dich tun? Du fehlst mir so sehr. Ob ich dich jemals wiedersehe? Diese Gedanken hatten ihn ganz fest im Griff.

Als sein Blick zufällig auf die Armbanduhr fiel, die er vor der Duschkabine achtlos auf den Boden geworfen hatte, erschrak er. Es war bereits zehn Minuten nach fünf. Nun musste er sich beeilen, Claus würde bestimmt bald da sein. Hastig zog er sich an. Gerade als er die ersten Stufen hinuntereilte, klingelte es an der Haustür. Gleichzeitig mit ihm kam Peter dort an und ließ Claus herein.

»Du bist ja pünktlicher, als die Polizei erlaubt. Komm rein in die gute Stube, aber nimm dir vorher ein Bier aus dem Kühlschrank.«

Als Claus im Wohnzimmer Platz genommen hatte, nahm er einen großen Schluck aus der Flasche, dann begann er: »Die Halterin des Passat heißt Reissner. Sagt dir der Name was?«

»Nein.«

»Meine Kollegen waren vor Ort und haben sie befragt. Sie lebt in geordneten Verhältnissen und scheint an der Entführung unbeteiligt, aber dennoch in sie verwickelt zu sein. Sie hat meinen Kollegen erzählt, dass sie nach ihrer Scheidung wieder ihren Mädchennamen angenommen hat. Ihr Ehemann war ein echter Fiesling, der sich nur selten im Griff hatte. Immer wieder hat er seine Frau und auch ihr gemeinsames Kind windelweich geprügelt. Und jetzt kommt's. Mit wem war die Frau wohl verheiratet? Du müsstest ihn kennen.«

»Ist das hier ein Frage-und-Antwort-Spiel?«, fragte Peter ungehalten. »Sag mir bitte, wer es ist, und spann mich nicht auf die Folter.«

»Ich geb dir eine Hilfe. Du hast den Typen früher mehr als einmal verhaftet. Der Ehename von Sarah Reissner war Meisenberger.«

»Was! Marc Meisenberger?«, schrie Peter laut auf. »Oh nein! Wenn der meiner Nichte auch nur ein Haar krümmt, kann er sein Testament machen!«

»Jetzt mach mal langsam.«

»Wozu? Der Mann hatte schon zu meiner aktiven Polizeizeit so ziemlich alles auf dem Kerbholz, was man sich vorstellen kann. Autodiebstahl, Mordversuch, Zuhälterei, Raub. Nichts ist diesem Verbrecher heilig! Nur haben wir ihm damals, als er in der Frankfurter Rotlichtszene ein großes Tier war, nichts beweisen können. Als es später, da war ich schon nicht mehr beim OK, brenzlig für ihn wurde, hat der schlaue Hund, der er leider nun mal ist, eine naive Unternehmertochter aus dem Hunsrück geheiratet und ist aus Frankfurt weggezogen. Seitdem habe ich nichts mehr von ihm gehört.«

»Mit dieser Frau ist er nach Niederems gezogen«, fuhr Claus unbeirrt fort. »Nach außen hin hat er den treu sorgenden Familienvater gespielt und sich in Wahrheit auf äußerst brutale Alleingänge spezialisiert. Bei seinem letzten Bankraub ist allerdings so einiges schief gegangen. Er hat seine Geisel, als sie ihm lästig wurde, kurzerhand erschossen. Das hat ihm das Genick gebrochen. Seitdem sitzt er in Butzbach ein. Ein starkes Stück finde ich allerdings, dass er es wieder einmal geschafft hat, sich an einer anschließenden Sicherungsverwahrung vorbeizumogeln.«

»Gut, dass er sitzt. Leider wissen wir jetzt aber immer noch nicht, woran wir sind. Das hier hätte seine Handschrift sein können«, sagte Peter grimmig. Stefan hörte stumm zu. Ihm hatte es die Sprache verschlagen.

»Mal langsam, Peter. Es geht noch weiter. Meisenberger ist vor gut zwei Wochen aus der JVA Butzbach ausgebrochen und hat einen gewissen Jan Hinkebein mitgenommen, der im Vergleich zu ihm ein winziges Licht ist. Er saß wegen Totschlags und Körperverletzung mit Todesfolge ein.«

»Was genau ist da passiert?«

»Nun, bei ihm war es ein typisches Eifersuchtsdrama. Als er seinen besten Freund mit seiner Frau im Bett erwischte, rastete er aus und erwürgte ihn. Seine Frau sprang splitternackt und panisch aus dem Bett und rannte zur Treppe, die in ihrem Einfamilienhaus ins Erdgeschoss führte, um zu fliehen. Bei der Treppe holte er sie ein, ohrfeigte sie, und sie stürzte so unglücklich hinab, dass sie an den Folgen eines Genickbruchs verstarb. Jan hat auf der Flucht vor der Polizei einen Verkehrsunfall ohne Fremdbeteiligung verursacht, bei dem er sich selbst am Bein schwer verletzte. Einen Tag später kam er auf die Polizeiwache in Gießen und hat sich gestellt. Wenn er nicht gerade mit diesem Marc unterwegs wäre, könnte er einem schon fast wieder leidtun, da er wegen guter Führung bestimmt in drei Jahren entlassen worden wäre. Jetzt zieht ihn dieser Meisenberger erst recht in den Abgrund.«

»Und du denkst, sie haben Verena?«

»Ich halte es für sehr wahrscheinlich. Der Dieb wusste genau, wo er den Garagenschlüssel und den Ersatzschlüssel für das Auto suchen musste. Außerdem hat unsere Spurensicherung am Lenkrad des Transporters einen teilweise erhaltenen Fingerabdruck sichern können, der zu neunzig Prozent Marc Meisenberger zugeordnet werden kann. Die beiden wollten durch die Entführung zu Geld kommen, um sich ins Ausland abzusetzen. Durch Frau Steinmüllers Aussage ist klar, dass sie Verena mit Carina Heuser verwechselt haben. Dazu passt auch, dass noch kein Erpresserbrief gekommen ist.«

»Oh, mein Gott«, stöhnte Stefan laut auf, der so langsam seine Sprache wiederfand. »Die werden doch hoffentlich nicht …«

»Das glaube ich nicht«, unterbrach ihn Claus schnell. »Dabei setze ich zum Teil auf Jan Hinkebein, der im Gegensatz zu Marc Meisenberger kein kaltblütiger Mörder ist. Ich glaube vielmehr, dass sie aus deinem Bruder oder dir, Peter, versuchen werden, wenigstens etwas Geld herauszupressen.

Dennoch, je mehr Zeit vergeht, in der wir nichts hören, umso geringer werden Verenas Überlebenschancen.«

»Aber was können wir tun? Wo sollen wir suchen? Am Ende haben sie Verena bereits umgebracht und irgendwo verscharrt? Und sich auf Nimmerwiedersehen ins Ausland abgesetzt?«

»Das halte ich für unwahrscheinlich. Meine Kollegen haben da eine Geschichte ausgegraben, die darauf hindeutet, dass zumindest Marc dringend etwas Geld braucht, bevor er abhauen kann.«

»Was denn? Verdammt noch mal!«, fuhr Peter seinen Freund an. »Muss man dir denn immer alles aus der Nase ziehen?«

»Sei bitte ruhig, ihr erfahrt gleich alles. Frau Reissner hat vor einigen Wochen das alleinige Sorgerecht für ihre Tochter Stefanie und einen Umgangsausschluss für ihren Ex-Mann beantragt und gute Chancen, bei Gericht damit durchzukommen. So etwas kann ein Marc Meisenberger sich natürlich nicht gefallen lassen. Deshalb hat er auch letzte Woche versucht, seine Tochter aus der Schule zu entführen.«

»So? Um sie wieder schlagen zu können?« fragte Peter.

»Niemand weiß so recht, zu wie viel Prozent er es aus verletzter Eitelkeit, aus einer diffusen Vaterliebe heraus oder aus Besitzdenken tut. Fakt ist aber, dass er es wieder versuchen wird. Der Versuch vor der Schule wurde nur durch das beherzte Eingreifen mehrerer Lehrer und den glücklichen Umstand, dass er dabei seine Waffe verlor, vereitelt. Einer der Lehrer will gehört haben wie er ‚Ich komme wieder‘ schrie. Deshalb bin ich überzeugt, er ist noch in der Gegend und wird einen zweiten Versuch starten.«

»Du meinst, es wäre Verenas Glück, dass er die Entführung jetzt durchziehen muss, um genügend Geld für die Flucht zu haben?«

»Ja, mit einem kleinen Mädchen im Schlepptau kann er schlecht auf einem Frachter anheuern oder als blinder Passagier reisen. Und ein wertvoller Tipp kam von Frau Reissner.«

»Und zwar?«

»Ihr ehemaliger Schwiegervater besitzt eine größere Jagdhütte mit privatem Wald drum herum im Hintertaunus.«

»Was!«, riefen die beiden Detektive nahezu gleichzeitig aus.

»Die Hütte wird zurzeit nicht genutzt, ist aber mit genügend Komfort für einen längeren Aufenthalt ausgestattet. Die Schwester des Besitzers macht alle drei Monate dort sauber.«

»Wo liegt sie?«, fragte Stefan ungeduldig.

»Das konnte uns Frau Reissner nicht genau sagen. Sie wusste nur, in der Gemarkung Weilrod. Sie kennt die Hütte nur vom Hörensagen und war selbst noch nie dort. Außerdem hat sie uns erzählt, dass ihr Schwiegervater seinen Schlüssel zur Jagdhütte vermisst und sie deswegen angerufen hat. Dabei erfuhr sie fast zufällig, dass ihr Ex-Mann das Gefängnis auf illegale Weise verlassen hatte. Sarah Reissner traf fast der Schlag, aber sie konnte nichts mehr unternehmen, da fast gleichzeitig der Zwischenfall an der Schule passierte. Übrigens sind in diesem Moment zwei meiner Kollegen in Bad Soden bei dem alten Herrn, um ihn zur genauen Lage der Hütte zu befragen. Wenn wir die kennen, schicken wir eine Hundertschaft in den Wald raus und durchkämmen das Gebiet. Nun wisst ihr Bescheid, wie es aussieht. Ich muss jetzt nach Hause, damit meine Steffi nicht böse wird, denn der Sonntag fällt damit wohl ins Wasser. Ich melde mich bei euch, sobald ich mehr weiß.«

»Danke, Claus.«

»Nur eines bedinge ich mir aus – keine Alleingänge mehr. Die Täter sind bewaffnet und äußerst gefährlich.«

Am frühen Sonntagmorgen läutete es lange und ausdauernd an Bianca Sattlers Wohnungstür.

»Wer ist denn das schon wieder?«, murmelte sie schlaftrunken und rieb sich die Augen, während sie im Bademantel an ihrem Küchentisch saß.

Langsam schlurfte sie zur Eingangstür und öffnete sie vorsichtig einen Spalt. Mittlerweile ärgerte sie sich darüber, dass sie bislang die Kosten für einen Türspion oder eine Sicherheitskette gescheut hatte.

»Oh nein!«, rief sie spontan aus, als sie sah, dass schon wieder zwei Polizisten vor ihrer Tür standen. »Ihre Kollegen waren doch schon am Mittwoch bei mir.«

»Da irren Sie sich, Frau Sattler«, sagte der ältere der beiden Beamten, »von unserer Wache war noch niemand bei Ihnen. Dürfen wir einen Moment hereinkommen?«

»Wenn es unbedingt sein muss.«

»Es ist sehr wichtig.«

Resignierend ließ Bianca die Beamten eintreten.

»Ich bin Polizeimeister Ralf Steinbach, und mein Kollege ist Polizeihauptmeister Volker Hassler«, sagte der jüngere der beiden.

Dabei hielten sie Bianca ihre Dienstausweise unter die Nase.

»Wir haben noch einige Fragen zu dem Unfall, den Sie uns gemeldet haben.«

»Okay, dann kommen Sie bitte mit ins Wohnzimmer,

und« – sie zupfte an ihrem Bademantel – »bitte entschuldigen Sie dieses Outfit, ich bin gerade erst aufgestanden.«

»Kein Problem. Wir sind ja froh, Sie überhaupt anzutreffen. Wir fürchteten schon, dass Sie bei der Arbeit sind. Was Schichtdienst bedeutet, wissen wir nur allzu gut.«

»Deshalb sind mir meine freien Tage sehr wichtig.«

»Keine Angst, es dauert nicht lange.«

»Sie sind viel freundlicher als die beiden Polizisten, die am Mittwoch hier waren«, sagte Bianca und sah den jüngeren Beamten besonders freundlich an.

Ralf Steinbach lächelte zurück, und sein Kollege merkte sofort, dass ihm die junge Frau außerordentlich gut gefiel.

»Was wollen Sie denn wissen?«

»Sie haben doch, als Sie den Unfall gemeldet haben, an der Unfallstelle gewartet, bis Polizei und Notarzt da waren, oder?«

»Ja. War das falsch?«

»Nein, ganz im Gegenteil, das war vorbildlich«, sagte Ralf Steinbach anerkennend.

»Ihre Kollegen haben aber …«

»Können wir die erst mal außen vor lassen?«, fragte Volker Hassler und sprach, da Bianca nur stumm nickte, gleich weiter: »Haben Sie auch auf den Lieferwagen geachtet?«

»Ja.«

»Welche Farbe hatte er denn?«

»Weiß, ganz bestimmt weiß.«

»Haben Sie auch gesehen, in welche Richtung er sich entfernte?«

»Ja, er fuhr nach Esch.«

»Er ist nicht nach Kröftel oder Oberems abgebogen?«

»Nein, hundertpro nach Esch.«

»Dann stimmt das schon mal«, sagte Volker Hassler bedächtig.

»Was denn?«

»Eigentlich dürfte ich Ihnen darüber keine Auskunft geben, aber da Sie so gut mit uns kooperieren, mache ich eine Ausnahme. Da der Wagen bei der Polizeikontrollstelle kurz vor Esch nicht vorbeigekommen ist, dürfte es sich mit ziemlicher Sicherheit um den Lieferwagen handeln, der vorgestern im Wald gefunden wurde. Da der Wagen keine eindeutigen Unfallspuren aufweist, müssen wir hier nachhaken. Außerdem haben die Beamten der Wiesbadener Kripo noch eine Frage zum Unfallhergang.«

»Fragen Sie.«

»Wie hat der Fahrer des Lieferwagens nach dem Unfall reagiert?«

»Wie soll ich das verstehen?«

»Ist er dem Verletzten ausgewichen oder einfach weitergefahren? Hatte der Verletzte nur Glück, dass er nicht überrollt wurde?«

»Darf ich kurz nachdenken? Und … wie geht es dem Verletzten überhaupt?«

»Selbstverständlich. Nehmen Sie sich ruhig Zeit. Der Verletzte ist zwar noch nicht vernehmungsfähig, aber über den Berg. Er wird schon bald die Intensivstation verlassen können«, sagte Volker Hassler.

Bianca ging in Gedanken die Szene noch einmal durch, dann sagte sie: »Der Fahrer hat einen Bogen nach links gemacht.«

»Sind Sie sicher?«

»Vollkommen.«

»Vielen Dank. Damit haben Sie uns einen großen Dienst erwiesen.«

»Inwiefern?«

»Weil sich daraus schließen lässt, dass der Fahrer zumindest in diesem Moment noch nicht allzu gewaltbereit war.«

»Wie soll ich denn das verstehen?«

»Wir befürchten, dass der Wagen in Verbindung mit einer Entführung steht«, sagte Ralf Steinbach schnell, der seinen Blick nicht mehr von der hübschen jungen Frau wenden konnte.

»Ja, Ralf, lass es jetzt gut sein«, sagte Volker Hassler, genervt von der Aufdringlichkeit seines Kollegen. »Jetzt zu den beiden anderen Polizisten. Wie haben die beiden sich ihnen gegenüber vorgestellt?«

»Erst einmal gar nicht«, antwortete Bianca, »und als ich nachfragte, wurden sie patzig. Dann machten sie mir richtiggehend Angst. Beschuldigten mich, ich hätte mich falsch verhalten, und drohten mit Konsequenzen. Erst als sie gingen, nannten sie doch noch ihre Namen. Sie hießen Sebastian Heidelmeier und Hans Oberleitner.«

»Und die Dienstgrade?«

»Keine Ahnung, die haben sie nicht genannt. Nur …«

»Reden Sie nur weiter«, bat Volker Hassler mit einem schnellen Seitenblick zu seinem Kollegen, der die junge Frau derart anhimmelte, dass es schon peinlich war.

»Sie sagten, die gingen mich nichts an.«

»Seltsam … Ralf, denkst du das Gleiche wie ich?«

»Äh … was?«, schreckte sein Kollege hoch. Bianca Sattler runzelte die Stirn, aber lächelte dann.

»Entschuldigen Sie bitte«, bat Volker Hassler, »ich weiß wirklich nicht, was in meinen Kollegen gefahren ist … Wie auch immer, Frau Sattler, vermissen Sie vielleicht irgendetwas, seit die beiden bei Ihnen waren?«

»Nein, ich … ach scheiße«, stammelte Bianca und rannte in den Flur.

Sie zog die obere Schublade der Garderobe auf, durchwühlte sie und rief so laut: »Oh nein!«, dass die beiden Beamten erschrocken neben sie traten.

»Was ist passiert?«

»Die tausend Euro, die ich hier hineingelegt hatte, sind weg. Damit wollte ich in der nächsten Woche zu meiner Freundin nach Berlin fahren.«

»Das ist bitter, aber deren Masche. Diese beiden Polizisten sind in Wahrheit Trickbetrüger, die schon eine ganze Weile das Rhein-Main-Gebiet unsicher machen. Sie hören illegal den internen Funkverkehr der Polizei mit, und sobald sie die Adresse von Unfallzeugen herausbekommen haben, setzen sie diese so sehr unter Druck, dass sie unbemerkt Geld, Schmuck oder Ähnliches mitgehen lassen können. Wissen Sie noch, wie die beiden ausgesehen haben? War der eine ziemlich klein und dick und der andere eine wahre Bohnenstange?«

»Genauso haben sie ausgesehen.«

»Dann sind es die beiden.«

»Was mache ich denn jetzt?«

»Am besten gehen Sie auf eine Polizeiwache und erstatten Anzeige. Aber machen Sie sich keine allzu großen Hoffnungen, dass Sie Ihr Geld jemals wiedersehen.«

»Wozu dann der Aufwand?«

»Wenn niemand die Ganoven anzeigt, machen die noch jahrelang so weiter.«

»Dann komme ich morgen um sechzehn Uhr, wenn mein Dienst zu Ende ist, zu Ihnen auf die Wache.«

Ralf Steinbachs Herz klopfte, und er überlegte, ob er Bianca Sattler um eine Verabredung bitten sollte. Als Volker Hassler seinen erneut anhimmelnden Blick bemerkte, schob er seinen Kollegen ärgerlich zur Tür hinaus.

6.

Unterdessen war nicht einmal dreißig Kilometer Luftlinie von Bianca Sattlers Wohnung entfernt die Stimmung bis weit unter den Nullpunkt gesunken. Ein weiteres Missgeschick Jans hatte Marcs Pläne endgültig aus dem Lot gebracht. Jan hatte, als er morgens mit Verenas Frühstück in die Kammer ging, nicht richtig aufgepasst. So war die Tür nicht hinter ihm ins Schloss gefallen, sondern hatte sich unbemerkt weiter geöffnet. Marc, der draußen am Tisch gesessen und die Zeitung gelesen hatte, hatte es auch erst bemerkt, als sie laut knarrend das letzte Stück aufgeschwungen war. Er hatte überrascht den Kopf gehoben und genau in die Augen von Verena Stettner geblickt.

Marc Meisenberger hatte seinen Komplizen, der sich keiner Schuld bewusst war, gnadenlos zur Minna gemacht und sich dann schweigend in einen Sessel zurückgezogen.

Ihr Schweigen wurde nur dadurch unterbrochen, dass Marc hin und wieder zu Jan sah und murmelte: »So ein Idiot.«

Dann kamen im Radio die Nachrichten, und der Sprecher berichtete von ihrem Unfall zwischen Glashütten und Esch. In dem reißerisch aufgemachten Bericht eines Privatsenders wurde angeblich auch der zuständige Chefarzt an der Uniklinik von Frankfurt zitiert, der erklärt haben sollte, dass mit dem baldigen Ableben des Unfallopfers zu rechnen sei.

Das gab bei Marc den Ausschlag, seine Lösegeldpläne für Verena Stettner nicht weiter zu verfolgen, und er murmelte: »Die Frau muss weg, je eher, desto besser.«

Zuerst wiegte er Jan in Sicherheit, indem er tat, als lenkte er ein, stellte dann aber klipp und klar fest, dass Verena dran glauben müsse und Jan dazu auserkoren sei, die Leiche verschwinden zu lassen.

»Es reicht doch, die Frau im Wald auszusetzen«, widersprach dieser.

»Nein, tut es nicht. Wenn der Mann stirbt, den wir überfahren haben, dann fahren auch wir, aber für lange Zeit ein. Wenn er aber wieder aufwacht, kann's noch sehr viel schneller brenzlig für uns werden. Mit der Aussage unseres Opfers zusammen sind wir geliefert, aber komplett. Deshalb wird sie noch heute Vormittag beseitigt, und dann nichts wie ab durch die Mitte.«

»Wie … wie willst du es machen?«, fragte Jan, dem immer mulmiger zumute war.

»Das geht dich nichts an. – Oder, wenn du es unbedingt wissen willst: Ich werde sie erschlagen.«

Während Jan betreten schwieg, setzte Marc in Gedanken hinzu: Erst kriegt sie eins übergebraten, damit sie sich nicht wehrt, und bevor sie den Rest bekommt, werde ich sie mir gehörig zur Brust nehmen, aber das brauchst du Trottel nicht zu wissen.

Marc, der Jan noch immer für eine vollkommene Niete hielt, dachte, er habe den Kumpan völlig in der Tasche, und merkte nicht, dass es auch hinter Jans Stirn fieberhaft arbeitete. Dieser hatte keinesfalls vor, sich der Beihilfe zum Mord schuldig zu machen. Dann wäre er wirklich ganz unten angekommen.

Jan stand schnell auf, ging in die kleine Küche und holte

sich etwas zu essen und ein Bier. Er wusste, dass sein Gesicht Bände sprach, und Marc brauchte wirklich nicht zu wissen, was in ihm vorging.

»Sauf nicht so viel«, sagte Marc auch prompt, als er zurückkam, und setzte dann grinsend hinzu: »Hast du das zweite Brot für die Kleine gemacht? Gib es mir, die braucht eh nichts mehr.«

»Das … Das kannst …«

»Was willst du? Das kann ich nicht machen? Und ob. Gib schon her.«

Mit diesen Worten riss Marc seinem Komplizen das Brot aus der Hand und biss genüsslich hinein.

Als er es gegessen hatte, sagte er: »So, ich muss noch mal kurz weg, und damit du in der Zwischenzeit nicht auf dumme Gedanken kommst, schließe ich dich gleich mit ein.«

»Marc, du kannst mir vertrauen.«

»So? Na ja, Kontrolle ist besser«, grinste Marc frech, drehte sich um, verschloss die schwere Eichentür von außen, verkeilte die Fensterläden und fuhr davon.

Erst als die Motorengeräusche nicht mehr zu hören waren, ging Jan noch einmal in die Küche, bereitete etwas zum Essen für Verena zu und brachte es ihr.

Verena hörte schnelle Schritte auf ihre Gefängnistür zukommen und eilte zur Pritsche zurück. Sie hatte angestrengt gelauscht und auch einige Worte verstanden. Leider war es zu wenig gewesen, als dass sie sich einen Reim darauf hätte machen können. Aber sie hatte bemerkt, dass irgendetwas im Gange war, und bekam es mit der Angst zu tun. Was ging da nur vor? Wollten die beiden sie am Ende woanders hinbringen?

»Ich bin so hilflos«, wimmerte sie leise vor sich hin und kämpfte heftig gegen einen sich zusammenbrauenden Tränenausbruch an.

Ich will hier raus, verdammt noch mal!, tobte es heftig in ihrem Inneren, ohne dass auch nur ein Laut über ihre Lippen kam.

Lange halte ich das hier nicht mehr aus. So sperrt man nicht einmal ein Tier ein, dachte sie und schrak plötzlich hoch. In ihrer stummen Auseinandersetzung mit sich selbst hatte sie nicht bemerkt, dass Jan Hinkebein die Kammer betreten hatte.

»Hier«, sagte er freundlicher, als sie es für möglich gehalten hätte. »Ich hab dir etwas zum Essen und Trinken gebracht, denn wer weiß, was dieser Tag noch an Überraschungen für uns bereithält.«

Erschrocken über diese sonderbaren Worte und verstört durch den seltsamen Unterton in seiner Stimme blickte Verena auf und wollte ihrem Peiniger ins Gesicht sehen.

»Wie … wie … soll ich das verstehen?«, stotterte sie, aber Jan war genauso lautlos verschwunden, wie er gekommen war.

Vielleicht ist es ja gut, dass ich diese Tasche nie abgelegt habe, dachte sie und ließ einige der verpackten Leckereien in ihrer geräumigen Handtasche verschwinden.

Vielleicht war es leichtsinnig, aber sie glaubte in diesem Jan den weniger brutalen Entführer ausgemacht zu haben und hoffte, dass er ihr zur Flucht verhelfen würde. Wie anders wären seine Worte zu verstehen gewesen?

Fast schon genüsslich biss sie in das Schinkenbrot, das der Entführer ihr gebracht hatte, und wollte auch einen Schluck aus der Wasserflasche nehmen, aber sie brachte das Wasser kaum hinunter, da es warm und abgestanden schmeckte. Widerwillig zwang sie sich dennoch, etwas zu trinken, denn wie ihr Entführer bereits gesagt hatte: Wer weiß …

Verärgert darüber, solches Wasser trinken zu müssen, grollte sie vor sich hin: »Wartet nur, ich habe mir eure fiesen Visagen gemerkt. Wenn ich erst wieder frei bin, werde ich sie aus dem Gedächtnis zeichnen. Ihr werdet mir nicht ungestraft …«

Mitten im Satz hielt sie inne und dachte: Verdammt, wenn ich die beiden identifizieren kann, können sie mich unmöglich gehen lassen. Aber das hieße ja …

Stefan, mein Schatz, und Onkel Peter, dachte sie und Tränen rollten über ihr Gesicht, habt ihr die Spur der Entführer schon aufgenommen? Was machen wohl Oma und Opa? Oder meine Eltern? Wissen denn schon alle Bescheid? Werde ich meine Lieben jemals wiedersehen?

Jan ahnte, was sein Kumpel vorhatte, und er wusste, dass er es höchstwahrscheinlich nicht verhindern konnte; das machte ihm zu schaffen. Auch wenn Marc jetzt schon seit Stunden unterwegs war und sich nicht einmal über das Handy, das er organisiert hatte, gemeldet hatte, war Jan klar, dass er sich nicht einfach absetzen würde, ohne seine Spuren zu verwischen.

Wie kann ich es erreichen, dass ich nicht vollends in Marcs kriminellen Sumpf versinke?, dachte er. Leider war ihm viel zu spät klar geworden, dass Menschlichkeit ein völliges Fremdwort für seinen Kumpan war und er nur so lange freundlich war, wie er etwas von einem wollte. Ja, im Knast, da hatte alles ganz anders ausgesehen. Marc hatte ihn gebraucht, um seine Flucht durchzuziehen, und so hatte er Jan sogar beschützt, als ein Mithäftling ihn unter der Dusche vergewaltigen wollte. Aber jetzt? Jetzt war Jan nicht mehr sicher, dass Marc ihn wirklich mitnehmen würde.

»Marc, du bist ein skrupelloses Schwein«, sagte er laut ins Zimmer hinein, »ich weiß nicht einmal mehr, ob ich überhaupt noch mit dir fliehen will.«

Dann versank er wieder in dumpfes Brüten und machte sich Vorwürfe, dass er sich überhaupt auf diese Schnapsidee mit der Entführung eingelassen hatte. Selbst wenn er es schaffte, dass diese Verena am Leben blieb und Marc nicht auch noch ihm ans Leder wollte, war die ganze Sache doch von vornherein zum Scheitern verurteilt, da das Geld knapp wurde. Das bedeutete, sie würden auf der Flucht früher oder später eine Tankstelle, einen Supermarkt oder gar eine Bank überfallen müssen, um flüssig zu bleiben. Von Marcs großspurigen Ideen, nach Übersee zu fliehen, hielt er schon gleich gar nichts. Alle Flughäfen und Bahnhöfe waren mit Sicherheit dicht; von den Häfen, die Marc so sehr favorisierte, ganz zu schweigen.

Wäre es nicht besser, mich allein durchzuschlagen?, dachte Jan und erwog, einen der von außen verriegelten Fensterläden aufzubrechen, Verena freizulassen und dann das Weite zu suchen.

Er nahm sich ein Bier aus dem Kühlschrank und überlegte, wie er das ohne geeignetes Werkzeug schaffen könnte. Da übermannte ihn einmal mehr die Erinnerung an früher, an die Zeit vor seiner Inhaftierung und an die Frau, die er so sehr geliebt hatte.

Wie lange waren wir verheiratet? Sechs Jahre? Und nun bist du noch länger tot. Ich – ich Riesenkamel bin allein schuld daran. Es war einfach zu viel für mich, dass ich dich mit meinem besten Freund im Bett erwischte. Ich weiß, ich hätte dich nicht schlagen dürfen. Warum musstest du diese blöde Treppe hinunterfallen? Dass ich Michael abgemurkst habe, damit könnte ich leben. Aber warum du? Nun ja, ich hab meine Quittung bekommen. Zwölf Jahre Butzbach – oder besser, die reine Hölle, bis Marc nach Butzbach verlegt wurde. Er hat das Leben dort für mich erträglich gemacht und mich so um den Finger gewickelt. Jetzt ist er allerdings mein Untergang. Wenn wir erwischt werden …

Jan war so sehr in seine Gedanken versunken, dass er zusammenschrak, als er das Knarren der massiven Eingangstür hörte.

Er sah hoch und sagte: »Du warst lange unterwegs. Was hast du gemacht?«

»Das wirst du gleich sehen«, antwortete Marc grinsend, »los, hol mir erst mal ein Bier.«

»Bin ich etwa dein Dienstmädchen?«

»Na, was sind denn das auf einmal für Töne? Du hast doch sonst getan, was man dir sagte!«

»Die Zeiten werden eben härter.«

Das dachte auch Verena, während sie die beiden Männer durch die verschlossene Tür lautstark streiten hörte. Dieses Mal waren sie so laut, dass sie tatsächlich einige Wortfetzen verstand.

Außer »Vögeln« und »Schlussmachen« verstand sie nichts von Marcs Rede, aber dass Jan immer wieder flehentlich rief: »Nein, tu wenigstens das nicht!«, trieb ihr den Angstschweiß auf die Stirn.

Dann sagte Marc unmittelbar an der Tür: »Du gönnst mir aber auch gar keinen Spaß. Wenn wir mehr Zeit hätten …«

Jetzt wird's ernst, dachte Verena noch, dann ging alles

blitzschnell. Marc kam mit einem erhobenen Baseball-schläger in die Kammer gestürzt, um ihn auf Verenas Kopf niedersausen zu lassen, aber wie aus dem Nichts tauchte Jan auf und warf sich dazwischen. Er fing mit Schulter und Oberarm einen Großteil des Schlages ab, der Verena den Schädel zerschmettern sollte, sodass sie nur mit halber Kraft seitlich zwischen Wange, Genick und Hinterkopf getroffen wurde. Dennoch ließ der Schmerz sie für den Bruchteil einer Sekunde glauben, es gehe zu Ende. Aber als sie begriff, dass das ihre Chance war, spurtete sie los, als ob der Teufel hinter ihr her wäre.

Mit zwei Sekunden Verspätung wollte Marc hinterher, aber Jan war trotz seines zertrümmerten Oberarms schneller. Er verpasste seinem ehemaligen Zellengenossen einen Tritt, der nicht von schlechten Eltern war, sodass Marc die Stufe an der Eingangstür verpasste und mit dem Gesicht in eine Schlammkuhle fiel. Jan wusste, dass auch ihm jetzt nur noch die Flucht blieb, und er rannte genau wie Verena in den Wald hinein.

Marc hatte sich bei dem Sturz eine Platzwunde an der Stirn zugezogen und kam dennoch schnell wieder auf die Beine. Er wischte sich Blut und Schlamm aus dem Gesicht und sah gerade noch, wie Jan zwischen den Bäumen verschwand. Langsam dämmerte ihm, dass ihm alle seine Schäfchen abhandengekommen waren. Hätte ihm nicht das heftig von der Stirn rinnende Blut die Sicht geraubt, wäre er Jan gefolgt, um ihm eine Lektion zu erteilen.

So dachte er aber daran, was ihm sein Informant bei der Polizei, den er nach Belieben erpressen konnte, am Morgen gesagt hatte. Das bedeutete, er musste Land gewinnen, bevor die Bullen hier auftauchten. Deshalb tupfte er sich das Blut von der Stirn, klebte ein großes Pflaster darauf und setzte sich ans Steuer des Passat. Er startete den Motor, wendete und fuhr mit aufheulendem Motor in Richtung Mauloff davon.

7.

Nicht einmal neunzig Minuten nach Verenas Flucht begann der Großeinsatz der Polizei im Wald bei Mauloff. Zwei Hundertschaften Polizisten nahmen die Jagdhütte von zwei Seiten her in die Zange. Hauptkommissar Dümmler vom LKA leitete den Einsatz und führte eine der Gruppen heran. Die zweite wurde von Oberkommissar Schlindwein, den stellvertretenden Leiter der ständigen Kommission Menschenraub im Wiesbadener Polizeipräsidium, geführt. Die beiden Kommissare hatten schon öfter gut zusammengearbeitet. Deshalb hatte Christoph Dümmler auf dessen Anfrage auch zugestimmt, dass Claus Mergentheimer in untergeordneter Funktion am Einsatz teilnehmen durfte, obwohl er nicht gerade begeistert davon war. Schließlich war Mergentheimer mit der Familie Stettner befreundet und emotional viel zu sehr in den Fall involviert. Ganz von der Hand zu weisen waren Dümmlers Bedenken nicht. Angesichts dessen hatte Claus erst gar nicht gefragt, ob Peter und Stefan als neutrale Beobachter an der Aktion teilnehmen durften, er hätte ohnehin nicht garantieren können, dass sie es beim Beobachten beließen.

»Dümmler, bitte kommen!«, funkte Schlindwein den Einsatzleiter an, als die Hütte in Sicht kam.

»Dümmler hört.«

»Sehen Sie was?«

»Nein, alles ist ruhig.«

»Die Tür scheint offen zu stehen. Entweder fühlen sich die Vögel absolut sicher oder sie sind ausgeflogen. Wir arbeiten uns weiter ran, und auf Ihr Signal stürmen wir. Ende.«

Fünfzehn Minuten später stürmten zwanzig Mann des SEK auf die Hütte zu, warfen zwei Tränengasgranaten hinein und warteten auf das, was kommen würde. Es kam – natürlich nichts.

Nach weiteren zehn Minuten rückten drei schwer bewaffnete Einsatzkräfte zur Hütte vor – und kamen eine Minute später achselzuckend wieder heraus. Dümmler und Schlindwein, die ihre Gruppen inzwischen zusammengezogen hatten, sahen sich an und zuckten ebenfalls mit den Schultern.

»Kommen Sie mit rein, Herr Mergentheimer?«, rief Schlindwein Claus zu.

»Selbstverständlich. Aber es sieht so aus, als ob wir zu spät kämen.«

»Danke, das wäre mir jetzt nicht aufgefallen«, sagte Schlindwein sarkastisch, ging energischen Schrittes voraus und schaffte es gerade noch, nicht über den Stuhl zu fallen, der umgekippt inmitten des Raumes lag.

»Das sieht ganz nach einem überstürzten Aufbruch aus.«

»Würde ich auch sagen«, stimmte Schlindwein zu, und Claus ergänzte: »Die Möglichkeit eines Kampfes sollte man aber auch nicht außer Acht lassen.«

In diesem Moment riss Christoph Dümmler die Tür zum Abstellraum auf und trat erst einmal einen Schritt zurück.

»Igitt, das stinkt ja bestialisch.«

»Kein Wunder«, meinte Claus. »Da drinnen gab's keine Toilette, und gelüftet hat bestimmt auch keiner. Aber wenigstens wissen wir, dass Verena noch lebt.«

»Das kann ich so nicht stehen lassen«, sagte Dümmler, der in diesem Augenblick den Baseballschläger mit den Blutspuren auf dem Boden liegen sah, und rief die Beamten der Spurensicherung herein.

Dümmler trat vor die Hütte vor die restlichen Polizisten und fragte in die Runde: »Welche Haarfarbe haben Meisenberger und Hinkebein?«.

Zuerst erhielt er jedoch keine Antwort. Erst als er die Frage wiederholte, meldete sich ein junger Kriminalmeister zu Wort und sagte: »Schwarze, ich habe es im Fahndungsbericht gelesen.«

Dann drehte er sich zu Claus um und fragte: »Und Frau Stettner?«

»Blonde.«

»Dann sehen Sie sich mal den Schläger genauer an.«

Claus ging in die Kammer zurück, beugte sich vornüber und erstarrte. An dem Sportgerät klebte nicht nur eine erhebliche Menge Blut, sondern auch ein Büschel blonde Haare.

»Ich fürchte, wir sind wirklich zu spät gekommen«, sagte Schlindwein, der zu Claus hingetreten war, leise.

»Ja, es sieht auf den ersten Blick so aus, aber trotzdem glaube ich es nicht. Ihr macht es euch da zu einfach – ich habe eine ganz andere Theorie.«

»Sehen Sie mal, Herr Schlindwein«, sagte in diesem Moment einer der Männer der Spurensicherung und hielt ihm ein blutdurchtränktes Taschentuch hin. »Das haben wir nahe dem Eingang gefunden.«

»Sehen Sie, Herr Mergentheimer, das ist der Beweis. Die Gangster haben Frau Stettner erschlagen, sind darüber in Panik geraten und schließlich Hals über Kopf aufgebrochen.«

»Wir wissen doch nicht, ob sie tot ist!«, fuhr Claus den Beamten an. »Warum sollten die Täter denn die Waffe hier drinnen deponieren, aber die Leiche mitschleppen? Gerade wo es darum geht, schnell Vorsprung zu gewinnen? Das ergibt keinen Sinn! Ich bin der Meinung, wir müssen Verena Stettner weiter suchen.«

»Sehen Sie, das ist der Grund, warum ich von vornherein nicht begeistert war, dass Sie hier mitkommen«, meldete sich nun Dümmler zu Wort, »Sie sind viel zu angeschlagen und können nicht mehr klar denken. Es war so: Frau Stettner will fliehen, einer der Gangster gerät in Panik und schlägt sie tot. Dann muss es, wie Sie schon sagen, schnell gehen. Also werfen sie den Baseballschläger in der Hoffnung, dass er erst später gefunden wird, hier herein, packen die Leiche in den Kofferraum und dann ab durch die Mitte.«

»Warum sollten sie die mitnehmen«?

»Mensch, Mergentheimer, schalten Sie Ihr Hirn ein! Weil sie die Sache mit dem Lösegeld noch nicht aufgegeben haben! Und das würde schwierig, wenn ein Spaziergänger heute oder morgen die Leiche hier findet.«

Claus Mergentheimer fand es müßig, noch ein Wort zu verlieren. Er drehte sich um, murmelte: »Wer hier das Hirn einschalten muss, möchte ich wissen«, und ging zu seinem Dienstwagen zurück, der am Waldrand geparkt war.

So musste er nicht mehr mit anhören, wie Christoph Dümmler sagte: »Hier gibt es nichts mehr für uns zu tun, fahren wir.«

Während er über Idstein und die Autobahn nach Hofheim zurückfuhr, überlegte er, wie er weiter vorgehen wollte, und kam zu dem Schluss, dass er einen Besuch machen müsste, der schon lange überfällig war. Kurz entschlossen fuhr er an der nächsten Ausfahrt ab, wendete und fuhr nach Wiesbaden.

Unterdessen irrte Verena ziellos und immer im Kreis herum durch den Wald. Sie traf unterwegs keine Menschenseele, auf keine Straße und kein Haus. Aber wer weiß, ob sie es überhaupt bemerkt hätte. Sie rannte, eigentlich stolperte sie mehr, in wilder Panik davon. Auf ihrer Flucht, die teilweise querfeldein führte, sah sie sich permanent nach allen Seiten um, weil sie sich noch immer verfolgt fühlte. So achtete sie kaum darauf, wo sie hintrat, sodass sie ständig über Baumwurzeln stolperte oder tief hängende Zweige ihr ins Gesicht schlugen. Drei- oder viermal war sie schon hingefallen und hatte sich dabei das rechte Knie blutig geschlagen, aber sie spürte keinerlei Schmerz. Auch dass ihre Jeans an einigen Stellen eingerissen waren und das T-Shirt in Fetzen an ihr hing, bemerkte sie nicht. Wenn sie fiel, rappelte sie sich wieder hoch und stolperte trotz der bedenklich zunehmenden Erschöpfung weiter durch den Wald.

Aber irgendwann ging nichts mehr. Sie hätte beim besten Willen nicht sagen können, wie lange sie schon durch den Wald geirrt war, als sie nach einem weiteren Sturz nicht mehr auf die Beine kam. Auf allen vieren und vor Schmerzen wimmernd kroch sie weiter, bis sie eine Kuhle tief im Unterholz fand, in die sie sich hineinkauerte. Eine ganze Weile saß sie da, vom nächsten Waldweg aus kaum sichtbar, und erst als die Sonne am Horizont versank, fasste sie den Mut, sich aufzurappeln und weiterzustolpern.

Doch dabei geschah es. Beim Aufrichten stieß sie mit dem Kopf an einen tief hängenden Ast und sank, da sie noch immer völlig erschöpft war, in einen ohnmachtsähnlichen Schlaf.

»Hallo, Jörg. Gut, dass ich dich hier antreffe«, sagte Claus Mergentheimer, als er sich endlich zu seinem Bekannten und Berufskollegen im Wiesbadener Polizeipräsidium durchgefragt hatte. Dann informierte er ihn in groben Zügen über die Entführung von Verena Stettner.

»Ach du Scheiße – der Großeinsatz heute Morgen galt Verena?«, sagte Jörg Stuhlbein entsetzt und rief dann empört: »Du bist ja nicht ganz gescheit, Claus! Jetzt kennen wir uns schon so lange, und auch wenn das Raubdezernat nichts mit der Sache zu tun hat, hättest du mich viel früher informieren müssen. Du weißt schließlich, dass nicht nur ich, sondern auch mein Vorgesetzter Frank Hecht gut mit Peter befreundet ist. Wie lange ist Verena schon verschwunden?«

»Seit Dienstagnachmittag.«

»Mensch, heute ist Sonntag, das sind mittlerweile fünf Tage! Von Peter und Stefan kann man in dieser Situation keinen kühlen Kopf erwarten, das ist klar. Aber von dir hätte ich mir etwas mehr Verstand erhofft.«

»Du hast ja recht.«

»Wenigstens siehst du es ein, das lässt hoffen.«

Du hast leicht reden, dachte Claus, sagte aber: »Immerhin wären die Kommissare Schlindwein vom Dezernat Menschenraub und Dümmler vom LKA bestimmt nicht begeistert gewesen, wenn ich unter Umgehung des Dienstweges Interna an ein unbeteiligtes Dezernat herangetragen hätte.«

»Eins zu null für dich«, gab Jörg Stuhlbein mit schmerzlichem Grinsen zu. »Trotzdem hättest du mich früher informieren müssen. Jetzt wird es höchste Zeit, dass wir eine private Suchaktion starten. Es zählt jede Minute. Ich werde jetzt sofort zu Frank Hecht gehen und ihn unterrichten. Im günstigsten Falle kann ich noch einen weiteren Kollegen für die Suche gewinnen. In zwei Stunden treffen wir uns alle bei Peter zu Hause. Du organisierst das bitte.«

»Alles klar, ich mach mich auf den Weg.«

Während Claus nach draußen zu seinem Auto ging, rief er kurz entschlossen seinen Kollegen Hans Heisslitz, der gerade Urlaub hatte, an, weihte ihn ein und rang ihm das Versprechen ab, bei der Suchaktion zu helfen.

Kaum hatte Claus aufgelegt, da klingelte sein Handy. Peter war dran.

»Du altes Schlitzohr, hast du geahnt, dass ich dich gerade anrufen wollte?«

»Nein, aber gehofft. Ich will schließlich wissen, wie die Aktion gelaufen ist. Mir sagt man ja nur, dass Verena nicht gefunden wurde.«

»Das erzähle ich euch, wenn ich bei euch bin. In zwei Stunden kommt auch Jörg Stuhlbein zu dir. Wir wollen eine private Suchaktion auf die Beine stellen.«

»So etwas Ähnliches habe ich mir auch vorgestellt, aber an Jörg habe ich Rindvieh nicht gedacht.«

Auf die Minute pünktlich trafen Jörg Stuhlbein und Frank Hecht bei Peter und Stefan ein. Claus Mergentheimer war schon etwas früher gekommen und hatte ihnen berichtet, wie die Erstürmung der Hütte abgelaufen war. Außerdem hatte er von den angeblichen Erkenntnissen der Wiesbadener berichtet und ihnen seine eigene Theorie unterbreitet.

»Ich bin zwar überzeugt davon, dass Verena erschlagen werden sollte, aber vermutlich verletzt fliehen konnte. Die Blutspuren am Baseballschläger sind zwar derb, aber die verschwindend geringe Menge am Boden deutet für mich mehr auf einen Kampf als auf einen Mord hin.«

Plötzlich klingelte Claus' Handy. Er nahm das Gespräch

an, sagte nach einigen Sekunden: »Alles klar«, und beendete es. Dann sprach er in die Runde: »Das war Oberkommissar Schlindwein. Die DNA-Analyse dauert etwas länger, da heute Sonntag ist.«

»Eine bessere Ausrede fällt denen aber auch nicht mehr ein«, grollte Peter. »Aber was ich eigentlich sagen wollte, ist, dass ich mir vorstellen kann, morgen eine private Suchaktion durchzuführen. Habt ihr Zeit?«

»Deshalb sind wir hier«, sagte Jörg. »Dann wären wir also fünf Leute. Oder wisst ihr noch jemanden, der mitsuchen würde?«

»Ja«, sagte Claus, »mein Kollege Hans Heisslitz macht mit. Jörg, Frank, wie sieht's bei euch aus?«

»Ich hab schon mit meinem Kollegen Horvath gesprochen, der morgen dienstfrei hat. Er ist dabei«, sagte Frank Hecht.

»Nachdem du mich vorhin angerufen hast, Claus«, fügte Peter hinzu, »habe ich mit Dao gesprochen. Er und seine Tochter Kim Li wollen sich ebenfalls beteiligen.«

»Super, dann sind wir schon neun«, sagte Jörg freudig, und Frank Hecht fragte: »Wer ist Dao?«

»Er hat früher die Kampfsportabteilung der Frankfurter Kripo geleitet, ist aber ausgestiegen und betreibt nun in Frankfurt die Kampfsportschule *Wung Fu*. Außerdem ist er in den Wäldern des Taunus praktisch zu Hause.«

»Na, wenn das kein Argument ist. Da kann uns nichts mehr passieren.«

»Okay, morgen beim ersten Morgengrauen treffen wir uns in Mauloff und besprechen unser weiteres Vorgehen«, sagte Peter. »Ist euch das recht?«

»Alles klar, morgen früh, fünf Uhr dreißig in der Straße An den Rainwiesen. Das ist die Straße, die zur Hütte führt.«

Da Marc sich im Taunus bestens auskannte, wusste er, dass dieses Mittelgebirge viel zu gut erschlossen war, um ihm lange ein sicheres Versteck zu bieten. Schade war nur, dass er weder Verena Stettner vögeln noch Geld von ihren Angehörigen erpressen konnte. Ganz zu schweigen davon, dass ihm keine Zeit blieb, seine Tochter mit ins Ausland zu nehmen.

»Das wirst du mir büßen, Sarah, du verdammtes Weib«, brüllte Marc laut in den Wagen hinein und setzte in Gedanken hinzu: Legt sich diese dumme Pute tatsächlich mit mir an und beantragt einen Umgangsausschluss zwischen mir und meinem Kind. Du hast nur Glück, dass ich keine Zeit habe, dir den Hals umzudrehen. Und dann, als wenn ich nicht schon genug Probleme hätte, dieses Riesenarschloch von Jan. Wirft sich dieser Trottel doch glatt dazwischen, als … Na ja, ich hab euch beide ganz gut getroffen. Hoffentlich verreckt ihr da draußen im Wald. Wenn nicht, kann's ganz schön eng werden.

»Zum Glück hab ich ja dich«, sagte er und sah auf den Beifahrersitz, wo die Schusswaffe lag, die er sich am Vormittag besorgt hatte.

In all seinem Zorn trat er das Gaspedal immer weiter durch und raste die A 3 in Richtung Köln entlang, ohne auf die Geschwindigkeitsbegrenzungen zu achten. Er war sich einerseits im Klaren darüber, dass er den Wagen seiner Ex-Frau schnell loswerden musste, denn vielleicht stand er schon auf sämtlichen Fahndungslisten; andererseits musste er so schnell wie möglich verschwinden. In ein oder zwei Tagen würde er vermutlich nicht mehr aus Deutschland herauskommen. Deshalb jagte er den alten und schon etwas klapprigen Wagen im Bereich der Höchstgeschwindigkeit Bad Camberg entgegen.

Als er die Ausfahrt passiert hatte, wurde der Verkehr dichter, und Marc Meisenberger wechselte auf die linke Spur, um zu überholen. Da er noch immer seinen Gedanken nachhing, wurde ihm erst mit einiger Verspätung klar, dass er mit einer Geschwindigkeit von annähernd einhundertvierzig in eine Baustelle hineinfuhr und kurz darauf von der Autobahnpolizei geblitzt wurde.

»Scheiße, verdammte«, brummte er vor sich hin. »Ich muss langsamer fahren. Wenn das noch mal passiert und irgendeinem Bullen der Wagen auffällt, können die sich ausrechnen, wo ich hinwill.«

»Es ist siebzehn Uhr dreißig, und für einen Sonntag reicht das. Machen wir Schluss«, sagte Kommissar Martin Waldauer von der Limburger Autobahnpolizei gerade zu seinem Kollegen, der einige Jahre jünger und erst Polizeihauptmeister war.

»Heute passiert nicht mehr viel«, pflichtete Bernd Schneider ihm bei, und Waldauer sagte: »Bau du mal das Radargerät ab, mein Rücken macht das heute nicht mehr mit.«

Verdammte Personalnot, dachte er dann. Ich bin jetzt achtundfünfzig, und es zwickt in allen Knochen. Von meinen Dienstjahren her sollte ich eigentlich auf dem Revier eine ruhige Kugel schieben, aber was machen unsere Vorgesetzten? Schicken mich sonntags mit einer Radarfalle raus wie einen Anfänger.

»Alles klar«, sagte Schneider und stieg aus.

Da raste ein alter grüner Passat mit einem Affenzahn an ihnen vorbei.

Bernd Schneider sprang in den zivilen Polizeiwagen und wollte dem Raser hinterherjagen, aber Martin Waldauer, den alle nur Waldi nannten, sagte: »Lass, Bernd, es ist zu viel Verkehr. Bis du dich eingeordnet hast, ist der über alle Berge. Schalt schnell die Kamera ab, dann haben wir ihn als Letzten drauf. Zudem habe ich die Nummer im Kopf.«

»Wie machst du das? Du hast den Wagen doch auch nicht länger gesehen wie ich.«

»Alles Übungssache, Bernd. Kann es sein, dass wir eine Fahndungsmeldung der Wiesbadener Kollegen auf dem Tisch haben, in der ein grüner Passat, Baujahr 1999, gesucht wird?«

Martin Waldauer hatte einen Tick, für den er von allen Kollegen belächelt oder sogar verspottet wurde. Er meldete wirklich jede noch so unbedeutende Sache, die ihm im Dienst auffiel. Waldi hat mal wieder gebellt, hieß es dann überall. Selbst bei seinen Vorgesetzten war er dafür nicht besonders beliebt.

Kaum waren die beiden wieder auf der Wache, machte sich Waldi über die in den letzten Tagen eingegangenen Faxe her und hielt schon bald das Gesuchte in den Händen.

»Schau mal, Bernd, hier ist es«, rief er triumphierend durchs Großraumbüro, nahm den Telefonhörer und rief seinen Vorgesetzten, der ein Stockwerk höher saß, an.

»Beissler, was gibt's denn Wichtiges?«, klang es ihm genervt entgegen.

»Wir waren doch auf der A 3 Fotos machen.«

»Na und – habt ihr euch dabei selbst abgelichtet?«

»Sehr witzig. Aber da ist einer, dort, wo sechzig geboten sind, mit hundertvierzig durch die Baustelle gerast.«

»Wegen dieses Furzes stören Sie mich bei der Arbeit, Waldauer? Sind Sie von allen guten Geistern verlassen? Das ist doch Alltagskram.«

»In diesem Fall nicht. Der Wagen ist in der Fahndung.«

»Soll das ein Witz sein? Heute ist nicht der erste April.«

»Es ist ein älterer grüner Passat.«

»Was sagen Sie da? Sind Sie sicher?«

»Hundert pro. Ich habe die Nummer im Kopf und schon mit dem Fax der Kollegen verglichen.«

»Kann ich mich darauf verlassen?«

»Absolut.«

Die Meldung, dass der grüne Passat auf der Autobahn in Richtung Köln gesehen worden war, ging in den nächsten zwölf Stunden noch durch so manche Hände, wäre aber dennoch fast nicht bis nach Wiesbaden vorgedrungen. Das lag unter anderem auch daran, dass Berthold Beissler nicht den direkten Dienstweg wählte, sondern seinem Freund, Nachbarn und Kollegen Manfred Schlüter einen Gefallen tun wollte und ihm die Weitergabe überließ. Schlüter war mit seinen dreiundvierzig Jahren als Leiter der kriminalpolizeilichen Abteilung des Taunus-Städtchens Idstein bereits am Ende seiner beruflichen Aufstiegsmöglichkeiten angekommen. Da er gern in eine größere Polizeistation, vielleicht sogar nach Wiesbaden versetzt worden wäre, brauchte er dringend Pluspunkte.

Beissler rief Schlüter gegen neunzehn Uhr unter dessen Privatnummer an, doch sein Freund meldete sich nicht. Als er ihn auch am Arbeitsplatz nicht erreichte, ließ er sich mit dem diensthabenden Beamten verbinden. Ralf Steinbach, der Bereitschaftsdienst hatte, war seit ihrer Begegnung unsterblich in Bianca Sattler verliebt und hatte es inzwischen geschafft, sie um ein Date zu bitten. Seitdem träumte er unablässig von ihrem nächsten Zusammentreffen. Er schreckte aus seinen süßen Fantasien hoch, als das Telefon läutete.

»Guten Abend, hier ist Beissler von der Autobahnpolizei in Limburg. Wie und wo kann ich Ihren Vorgesetzten Schlüter erreichen?«

»Er kommt in zwanzig Minuten zum Dienst«, sagte Ralf, hatte aber in diesem Moment vergessen, dass Manfred Schlüter seine Schicht mit einem Kollegen getauscht hatte.

»In Ordnung. Ich schicke ihm ein Fax rüber, er soll es gleich nach Wiesbaden weiterleiten. Geht das klar?«

»Natürlich.«

Kurz darauf begann das Faxgerät zu rattern, und Ralf Steinbach legte das Schriftstück auf Schlüters Schreibtisch ins Fach mit den wichtigen Nachrichten. Dann träumte er weiter von seiner Angebeteten. Als kurz darauf seine Ablösung kam, hatte er es bereits völlig vergessen.

Erst nach Mitternacht, als Werner Vogt routinemäßig alle Fächer mit den wichtigen Notizen kontrollierte, fiel ihm das Fax in die Hände, und er wurde stutzig.

Was war denn das? Warum hatte Ralf nichts gesagt, als er ging?

Vogt nahm kopfschüttelnd das Schriftstück, versah es mit einem persönlichen Kommentar und sandte es nach Wiesbaden an den Arbeitsplatz von Kommissar Schlindwein.

Als dieser das Fax am Montagmorgen zum Dienstantritt fand, gab er sofort ein Rundschreiben an alle norddeutschen Kommissariate heraus – besonders wichtig schienen ihm die in der Nähe der niederländischen Grenze zu sein – und setzte sich anschließend mit Claus Mergentheimer in Verbindung.

Pünktlich um halb sechs trafen sich Peter Stettner und Stefan Weimershaus mit all ihren Helfern am Waldrand von Mauloff. Als alle neun Personen anwesend waren, besprachen sie sich kurz, bildeten einen Riegel und gingen im Abstand von zehn Metern zwischen den einzelnen Personen links vom Waldweg der Hütte entgegen. Sie waren noch keine hundert Meter gelaufen, als Claus' Handy klingelte. Hier im morgendlich stillen Wald kam es ihnen laut wie eine Kirchenglocke vor.

»Was, das gibt's doch nicht!«, ertönte kurz darauf ebenso laut Claus' Stimme.

Als ihn acht Augenpaare entsetzt ansahen, sagte er langsam, während er das Handy wieder in die Tasche steckte: »Keine Bange.«

»Was ist los?«, fuhr Peter ihn an. »Was ist mit Verena? Ist sie …«

»Aber nein!«, sagte Claus. »Das Gespräch hatte nichts – zumindest nicht direkt – mit deiner Nichte zu tun.«

»Ach so, na Gott sei Dank. Aber sag trotzdem, worum es geht – zum Donnerwetter noch mal.«

»Beruhige dich. Das war Oberkommissar Schlindwein, aus Wiesbaden.«

»So genau wollt ich's jetzt gar nicht wissen.«

»Äh, ja, ich bekam eben die Nachricht rein, dass Marc Meisenberger gestern am späten Nachmittag in der Nähe von Limburg in eine Radarfalle gefahren ist und noch immer mit dem Passat seiner Ex-Frau unterwegs ist.«

»Nur Marc?«, legte Dao Tae Wung zielsicher seinen Finger in die Wunde.

»Auf dem Radarfoto ist zumindest nur er zu sehen.«

»Das hieße ja, dass Schlindwein und Dümmler recht haben und die Gangster sich Verena bereits vom Hals geschafft haben«, sagte Stefan leichenblass.

»Kann sein, muss aber nicht«, tröstete ihn Peter, »es kann

immer noch sein, dass sie in ein anderes Versteck umgezogen sind und dieser Jan Hinkebein dort mit ihr auf Marcs Rückkehr wartet. So, und nun lasst uns weiter zur Hütte gehen. Anschließend laufen wir auf der anderen Seite des Weges zurück zum Ort.«

»Okay«, sagte Dao, und man merkte ihm an, dass er gern anders vorgegangen wäre. Aber mit Rücksicht auf seinen Freund mischte er sich erst einmal nicht ein.

So bildeten sie wieder einen fast einhundert Meter breiten Sperrgürtel und setzten sich in Bewegung. Eine weitere halbe Stunde später waren sie an der Hütte angelangt.

»Dürfen wir reingehen und uns umsehen?«, fragte Stefan.

»Tut, was ihr nicht lassen könnt. Ich kann euch ohnehin nicht daran hindern, und die Spurensicherung hat ihre Arbeit beendet – aber was hofft ihr denn zu finden?«

»Wer weiß.«

»Ach, du meine Güte«, sagte Stefan einige Minuten später schockiert und schüttelte sich. »Hier stinkt's ja wie …«

»Was hast du denn erwartet? Eine Luxussuite?«, unterbrach ihn Peter energisch, um dann ruhiger hinzuzusetzen: »Na ja, lass uns erst einmal suchen.«

»Die Spurensicherung war mehr als gründlich. Hier findest du nichts außer Staub und Dreck«, sagte Claus Mergentheimer. Peter nickte zustimmend und meinte drängend: »Wir sollten lieber draußen weitersuchen.«

Während Claus schon wieder hinaus zu den anderen ging, blieb Peter noch bei Stefan, der mitten im Hauptraum stand und sich ein letztes Mal umsah. Er war schon fast bereit, ihnen zuzustimmen, da überflog ein Lächeln sein Gesicht, und er rief: »Moment mal! Ich glaube, ihr irrt euch gewaltig.«

»Wieso?«

»Peter, komm mal her«, sagte Stefan und bückte sich zu einem ziemlich tiefen und breiten Riss hinunter, der mitten durch eine Bodenfliese ins Fundament der Jagdhütte ging. »Siehst du im Riss etwas blinken?«

»Ja.«

»Das ist Verenas Taschenspiegel. Zumindest Teile davon.«

»Bist du da sicher?«

»Ja, ich erkenne ihn an der bunten Einfassung.«

»Dann sag ich Claus Bescheid.«

Er hatte den Satz noch nicht richtig beendet, als der bereits hinter ihm auftauchte.

»Hab ich mir's doch gedacht, auch du traust uns nicht über den Weg.«

»Doch, aber ihr könnt nichts von Bedeutung gefunden haben, denn die Leute von der Spurensicherung haben allerlei technisches Gerät bei der Untersuchung eingesetzt.«

»Schau mal in die Ritze am Boden. Verenas Taschenspiegel. Ich habe ihn sofort wiedererkannt.«

Claus bückte sich und rief: »Das hätte ich jetzt nicht erwartet. Gut, dass ich immer ein Notfallset dabei habe.« Er streifte sich die Einmalhandschuhe über und tütete die beiden Teile des Spiegels ein.

»Prima«, sagte Peter, »wieder ein Beweisstück mehr. Wenn von einem oder beiden Tätern Fingerabdrücke drauf sind, können wir sie festnageln.«

»Dazu müssten wir sie erst mal haben«, wandte Claus ein, und Stefan sagte: »Auf dem Grundstück in Kelkheim haben die Ganoven ganze Arbeit geleistet. Es gibt nicht einen Hinweis auf sie. Hierzu werden sie sagen, dass sie sich nur in den ersten Tagen ihrer Flucht hier versteckt haben und die Entführer samt ihrem Opfer erst später hierherkamen.

Das wird ihnen zwar keiner glauben, aber beweise ihnen erst mal das Gegenteil.«

Claus nickte stumm und führte die beiden ans Tageslicht. Als sie nach draußen kamen, merkten sie gleich, dass Kim Li mit ihrem Vater darüber stritt, wie die Suche weitergehen sollte.

»So jedenfalls nicht!«, schimpfte Dao.

»Hör dir doch erst einmal meine Theorie an, Vater. Dann kannst du urteilen«, bat Kim Li.

»Was ist denn los mit euch?«, fragte Claus, der so langsam daran zweifelte, dass es eine gute Idee war, auf eigene Faust loszuziehen. »Dao, was würden Sie anders machen?«

»Ich habe bemerkt, dass wir auf dem Weg zur Hütte leicht bergab gegangen sind. Wenn man nun voraussetzt, dass Verena nicht wusste, dass der richtige Weg bergauf geht, ist es unwahrscheinlich, dass sie in Richtung Mauloff gelaufen ist.«

»Sie wird keine Zeit gehabt haben, darüber nachzudenken«, wandte Jörg Stuhlbein griesgrämig ein und sah zu der jungen, hübschen Kim Li hinüber.

»Es gibt Situationen im Leben wie Stress oder eine solche Notlage«, meinte Dao selbstgewiss, »da nimmt uns das Unterbewusstsein diese Entscheidungen ab, und wir wählen automatisch den günstigsten Weg.«

»Du hast sicher recht, Papa«, sagte Kim Li, »aber es gibt auch noch die Möglichkeit, dass ihr der eine oder andere Fluchtweg versperrt war.«

»Das ist auch wieder wahr.«

»So kommen wir nicht weiter«, sagte Peter, »Dao, was schlägst du vor?«

»Ich meine, wir sollten nach Südwest gehen.«

»Hast du einen Kompass dabei?«

»Für was bitte? Wir gehen da rechts an der großen Eiche vorbei.«

»Kim Li, was wolltest du denn vorschlagen?«, fragte Peter Daos Tochter, von der er wusste, dass sich hinter dem hübschen, leicht mandeläugigen Gesicht ein brillanter Geist verbarg, gepaart mit einer vorzüglichen Beobachtungsgabe. Schließlich kannte er Kim Li seit ihrer frühesten Kindheit.

»Kommt doch alle mal mit.«

»Wo willst du denn hin? Bleib in der Nähe, damit wir nicht auch noch dich suchen müssen.«

»Keine Angst«, sagte Kim Li mit mildem Lächeln und zeigte auf eine große Buche in etwa einhundert Metern Entfernung. »Ich will nur bis zu diesem Baum da vorn.«

»Was sollen wir denn da?«, fragte Claus.

»Mir vertrauen – bitte.«

»Okay.«

Nur wenige Minuten später war Claus froh, dem Drängen von Kim Li nachgegeben zu haben, denn an einem der unteren Äste des Baumes hing ein Halstuch. Allen stockte der Atem, und Stefan fiel beinahe in Ohnmacht.

»Es … es ist ihr Tuch«, stammelte Kim Li, die als Erste ihre Sprache wiederfand. »Ich erkenne es wieder. Verena trug es, als sie zu mir in den Selbstverteidigungsunterricht kam.«

»Das kann ich bestätigen«, gab Stefan ihr recht, »das ist ihr Lieblingstuch.«

»Donnerwetter«, staunte Dao, »ich wusste ja schon immer, dass du Adleraugen hast, aber …«

»Eigentlich war es nur eine Vermutung, denn ich sah etwas Textilartiges hier hängen.«

»Wie würdest du denn weiter vorgehen?«

»Ich würde auf diesem Weg bleiben, denn es ist ein Rundweg. Wenn man ihm folgt, kommt man bei normaler Geschwindigkeit in zwei bis drei Stunden wieder hier vorbei. Es wäre doch möglich, dass Verena hier im Kreis gelaufen ist, ohne es zu bemerken. Ganz besonders dann, wenn sie verletzt ist. Vielleicht finden wir sie hier irgendwo erschöpft am Wegesrand. Aber das ist nur eine Theorie.«

»Aber wenn sie öfters hier vorbeigekommen ist, hat sie doch die Jagdhütte …«, begann Claus, aber eine einzige Handbewegung von Kim LI ließ alle Köpfe herumfahren. Verblüfft stellten sie fest, dass die Hütte vollkommen zwischen den Bäumen verschwunden war.

»Folgen wir Ihrer Theorie«, sagte Jörg Stuhlbein beeindruckt, »aber wie kommt es, dass Sie sich hier so gut auskennen?«

»Meine Tante, die Schwester meiner Mutter, ist zwar wie diese eine waschechte Hamburger Deern, aber es hat sie schon sehr früh der Liebe wegen in den Taunus verschlagen. Wenn ich sie am Wochenende in Weilrod besuche, verbinde ich das oft mit meinen Waldläufen.«

»Donnerwetter«, staunte Jörg Stuhlbein. Er war von der jungen Frau fasziniert, was dem eingefleischten Junggesellen selten passierte. »Was sagt denn Ihr Mann dazu, dass Sie stundenlang im Wald herumrennen?«

»Nichts, denn ich habe keinen.«

»Und Ihr Freund?«

»Na, hören Sie mal!«, rief Dao dazwischen, »Gehen Sie immer so ran?« Schluss damit, wir haben Wichtigeres zu tun. Oder sind wir hier bei einem Kaffeekränzchen?«

Gut und gern eine Stunde verging, ohne dass sie etwas Verdächtiges sahen oder bemerkten. Die Sonne hatte den Zenit bereits weit überschritten, und der Suchtrupp war schon nahe daran, die Aktion aufzugeben, da fuhr Kim Lis Kopf herum. Sie ließ ihren Blick wiederholt über ein niedriges, aber dafür umso dichteres Unterholzgestrüpp wandern. Ihr war, als ob sie eine Bewegung wahrgenommen hätte. Kurz entschlossen fasste sie die Hand ihres Vaters und gab auch den anderen ein Zeichen, still zu sein. Dann blieben alle stehen.

Dao Tae Wung war sehr erstaunt vom Verhalten seiner Tochter und setzte gerade zu einer Frage an, als sie den Zeigefinger auf die Lippen legte und so um Ruhe bat. Da war die Bewegung wieder. Auch Dao und Jörg hatten es deutlich gesehen, aber keiner konnte sagen, was oder wer sich da bewegte.

»Lass mich allein gehen, Vater«, sagte Kim Li leise und gebot Jörg, der etwas einwenden wollte, mit einer energischen Handbewegung, still zu sein.

Nach außen hin hatte es den Anschein, als wenn Kim Li beherzt und mutig auf das Gestrüpp zuschritt. Keiner ahnte etwas von ihrer Unsicherheit, die sich hinter ihrer Stirn breitmachte. Schließlich war ihr sprichwörtlicher Mut, den sie schon in mancher Gefahrensituation bewiesen hatte, nichts weiter als Fatalismus und somit ein Resultat ihrer inneren Leere und Ausgebranntheit, ihrer Einsamkeit.

Während sie auf das Gebüsch zuging, schickte sie ein Stoßgebet zum Himmel: »Lass mir bitte nichts passieren. Gerade jetzt, da ich endlich einen Mann kennengelernt habe, der es wert zu sein scheint.«

Dann griff sie beherzt zu und bog die Sträucher auseinander.

»Mein Gott, Verena!«, rief sie nach einer Schrecksekunde heiser aus, denn es war Stefans Verlobte, die da vor ihr im Unterholz kauerte. Ihr Anblick war mehr als erschütternd.

Verena Stettner hockte mit völlig zerrissener Kleidung, blutverschmiertem Gesicht sowie blutverkrustetem Hinterkopf in einer schlammigen Erdkuhle und sah Kim Li mit angstverzerrtem Gesicht und ausdruckslosen Augen an.

»Was ist dir denn widerfahren?«, fragte Daos Tochter leise.

Dann bückte sie sich zu Verena hinunter, streckte ihr die Hand entgegen und fragte: »Kannst du laufen? Ich helfe dir.«

Peters Nichte drehte den Kopf zu Kim Li hin und starrte sie wie eine Fremde an. Erst mit einiger Verzögerung öffnete sie den Mund, um etwas zu sagen, aber es drang kein Laut über ihre Lippen.

Während Peter und Stefan mit ihren Freunden durch den Taunus streiften, kam es auf der A 61 nahe dem Autobahnkreuz Mönchengladbach zu einer Massenkarambolage. Ein Tanklastzug hatte aus einem nicht dicht verschlossenen Ventil Heizöl verloren, ohne dass es der Fahrer bemerkte. Es dauerte nicht lange, bis einer der hinterherfahrenden Pkw auf dem Ölfilm ins Schleudern kam, und da viele Autofahrer mit zu wenig Sicherheitsabstand unterwegs waren, krachten sie ineinander. Innerhalb von Sekunden war die Autobahn dicht, und es ging keinen Millimeter mehr weiter.

Scheiße, dachte Marc Meisenberger, der mitten in diesem Stau steckte, das hat mir gerade noch gefehlt.

Nachdem er unweit von Euskirchen in einem Waldstück übernachtet hatte, weil er vor Müdigkeit fast am Steuer eingeschlafen wäre, war er am frühen Nachmittag gestartet, um möglichst vor Einbruch der Nacht in Rotterdam anzukommen.

Er hatte zwar einen Zusammenstoß mit seinem Vordermann vermeiden können, und um ihn herum hatte es zum Glück auch nicht gekracht, aber er durfte dennoch nicht auffallen. Scheiße ist nur, dachte er, dass ich Sarahs Passat noch habe, ich muss ihn schnellstens loswerden. Der ist bestimmt schon seit Sonntag in der Fahndung. Trotzdem kann ich froh sein, dass es wenigstens ein Kombi ist, sonst wäre meine Nacht weit weniger bequem ausgefallen. Hoffen wir, dass ich hier keinem Bullen auffalle und es nicht zum Schusswechsel mitten auf der Straße kommt. Nun ja, ich hab nichts mehr zu verlieren. Aber wieder etwas bessere Karten, weil ich diesen Jan nicht mehr als Klotz am Bein habe. Das ist das Beste, was passieren konnte. Dieser Depp hat mich ganz schön in die Bredouille gebracht. Sollen die beiden in den Taunuswäldern verrecken. Oder wenigstens so lange nicht gefunden werden, bis ich in Sicherheit bin.

Er öffnete das Handschuhfach, aus dem ihn seine beste Freundin, die chromblinkende Smith & Wesson, anlachte. Als er daneben die gut gefüllte Munitionsschachtel sah, dachte er: Was kann mir schon passieren. Kommt mir nur in die Quere, ihr Bullen.

8.

Stefan saß an Verenas Krankenbett im Kreiskrankenhaus von Bad Soden und sah die Schlafende liebevoll an.

Was haben diese Scheißkerle nur mit dir gemacht, mein Schatz?

Aber Verena lag in einem tiefen Erschöpfungsschlaf und bekam nichts von Stefans Sorgen und Ängsten mit. Sie war trotz ihrer nicht unerheblichen Kopfverletzung stundenlang durch den Wald geirrt. Wie viele Runden sie vor sich hin stolpernd auf diesem Weg gedreht hatte, wusste sie wahrscheinlich selbst nicht.

Während Stefan am Bett saß, dachte er an den Nachmittag zurück und durchlebte die schönsten und schrecklichsten Stunden seines bisherigen Lebens noch einmal.

»Vater«, hatte Kim Li gerufen, »Kommst du mal her? Ich habe Verena gefunden.«

Schnell waren sie alle herbeigeeilt und hatten geholfen, Verena aus dem Dickicht zu ziehen. Als sie dann endlich auf einem Baumstumpf am Wegesrand gesessen hatte, hatte sie apathisch vor sich hin gestarrt und ihren Oberkörper ängstlich zurückgebogen, als Stefan sie umarmen wollte. Erst als ihr Onkel Peter an sie herangetreten war, hatte sie sich wieder etwas entspannt.

Claus Mergentheimer hatte unterdessen einen Rettungswagen in den Wald beordert, und Dao war mit seiner Tochter zur nächsten Straße geeilt, um ihm den Weg zu zeigen. Stefan selbst hatte es sich nicht nehmen lassen, seine Liebste auf der Fahrt in die Klinik zu begleiten.

Als die ersten Untersuchungen abgeschlossen waren, hatte er den Arzt gefragt, ob Verena sehr schwer verletzt sei, aber der Mediziner hatte sich hinter seine Vorschriften gestellt und gemeint: »Warten Sie, bis ein Angehöriger da ist, der mich Ihnen gegenüber von der Schweigepflicht entbindet …«

In diesem Augenblick wurde Stefan jäh aus seinen Grübeleien gerissen, denn Peter kam mit Dao, Kim Li und Claus im Schlepptau ins Krankenzimmer gestürmt.

»Weißt du schon etwas Neues?«, fragte er.

»Wie denn? Der Arzt will mir partout erst Auskunft geben, wenn du ihn dazu ermächtigt hast. Gibt es wenigstens bei euch neue Erkenntnisse?«

»Ja«, sagte Claus Mergentheimer. »Ich hab noch mal mit Kommissar Schlindwein gesprochen. Die Laborergebnisse sind inzwischen da, und nun stellt sich der Ablauf der Geschehnisse ganz anders dar.«

»Erzähl.«

»Stell dir vor, das Blut am Schläger und in der Hütte ist nur zum Teil von Verena. Es gibt auch deutliche Spuren von Jan Hinkebein, und das Blut auf dem Taschentuch, das draußen vor der Hütte gefunden wurde, ist das von Marc Meisenberger. Schlindwein hat dazu eine Theorie, die alles in allem gar nicht so abwegig ist und sich weitgehend mit meiner deckt. Er meint, dass Marc Verena töten wollte und Jan das unter Einsatz seines eigenen Lebens verhindert hat. Er hat dabei vermutlich selbst einiges abbekommen, aber es dennoch geschafft, Marc niederzuschlagen und so Verena zur Flucht zu verhelfen.«

»Das heißt aber auch, dieser Jan ist kein ganz so übler Bursche.«

»Vielleicht nicht ganz, aber wir wollen mal die Kirche im Dorf lassen. Immerhin hat er bei der Sache mitgemacht, und irgendetwas muss die beiden verbinden, sonst wären sie nicht zusammen ausgebrochen«, bremste ihn Claus.

»Ja«, murmelte Peter, »dieser Marc hat einen Trottel gesucht, und da kam dieser Jan gerade recht. – Weißt du eigentlich, welche Arbeit Jan in der Haftanstalt verrichtet hat?«

»Er hat in der Wäscherei gearbeitet.«

»Aha.«

»Schlindwein meint übrigens, dass sich Hinkebein noch immer im Wald aufhält. Sie wollen morgen im Laufe des Tages noch einmal einen Suchtrupp rausschicken.«

Nun wurde Stefan hellhörig, denn er hatte selbst schon in diese Richtung gedacht. Sicher hätte Marc Jan nach dessen Verrat kaum mitgenommen und stattdessen an Ort und Stelle erledigen wollen. Da aber in unmittelbarer Nähe der Hütte keine Leiche gefunden wurde …

Stefan wäre zu gern selbst losgezogen, um diesen Typen vor der Polizei zu finden und auszuquetschen. Meisenberger, dieses Schwein, sollte ihm nicht ungestraft davonkommen. Allerdings befand er sich in einer Zwickmühle: Wie sollte er sich um Verena kümmern und gleichzeitig nach Jan Hinkebein suchen?

Erneut wurde er unsanft aus seinen Gedanken gerissen, denn Peter stieß ihm in die Seite und fragte abermals: »Was meinst du, wie es Verena geht?«

»Wie soll ich das wissen, mir sagt doch keiner etwas.«

Kim Li, die bisher schweigend neben ihrem Vater gestanden hatte, trat zu ihm, nahm ihn in den Arm und sagte:

»Ich kann dich gut verstehen, aber bedenke auch, wie schlimm alles für Verena gewesen sein muss.«

»Du hast recht. Wir sollten dankbar sein, dass ihr Martyrium zu Ende ist und sie lebt.«

»Lass Verena erst mal zur Ruhe kommen, alles andere findet sich.«

Noch bevor Stefan antworten konnte, öffnete sich die Tür des Krankenzimmers, und der behandelnde Arzt trat ein.

Als er den Menschenauflauf sah, bat er alle nach draußen und sagte: »Darf ich fragen, wer Sie alle sind?«

»Ich bin Peter Stettner, Verenas Onkel und der Bruder ihres Vaters. Die beiden da sind Dao Tae Wung und seine Tochter Kim Li, die maßgeblich an der Suche nach meiner entführten Nichte beteiligt waren. Dort drüben an der Wand steht mein bester Freund Claus Mergentheimer.«

»Ach so, jetzt verstehe ich die Zusammenhänge. Herr Weimershaus hat nur etwas konfus von Entführung gesprochen.«

»Das ist schon richtig«, meldete sich Claus zu Wort. »Ich bin nicht nur ein Freund der Familie, sondern auch Hauptkommissar bei der Hofheimer Kripo. Meine Dienststelle war unter Federführung des LKA und der Mitarbeit des Dezernats Menschenraub der Kripo Wiesbaden an der Suche beteiligt. Die junge Frau war sechs Tage in der Gewalt von Verbrechern, die noch immer flüchtig sind. Ach ja – bevor ich es vergesse. Die Kommissare Schlindwein und Dümmler aus Wiesbaden werden sich spätestens morgen Mittag bei Ihnen melden, Herr Doktor.«

»Danke für die Info. Herr Stettner, Sie sagten vorhin, dass Sie der Onkel der jungen Dame sind. Wo sind denn ihre Eltern?«

»Zurzeit beruflich in Australien. Mein Bruder ist der bekannte Bildhauer Joachim Stettner. Leider konnte ich ihn erst vor zwei Tagen erreichen. Jetzt sind Verenas Eltern auf dem Weg hierher.«

»Was fehlt meiner Verlobten denn nun?«, wollte Stefan endlich wissen.

»Sie hat neben einer Gehirnerschütterung einen schweren Schock erlitten. Die weitergehende Schädelverletzung, die wir zuerst vermuteten, konnten wir inzwischen ausschließen. Außerdem befindet sich Frau Stettner im Anfangsstadium einer Lungenentzündung und hat einen angebrochenen Knöchel. Dass ihr Körper zum Teil mit Schürfwunden übersät ist, die sich zu entzünden beginnen, haben Sie ja selbst gesehen. Aber das bekommen wir schon hin. In wenigen Tagen wird es ihr bedeutend besser gehen.«

»Wenigstens das.«

»Haben die Mistkerle meine Nichte misshandelt oder gar missbraucht?«, fragte Peter grimmig.

»Nein, für Letzteres gibt es keine Anzeichen. Die zwei großen Platzwunden an Hinterkopf und Wange dürften das Resultat eines oder mehrerer Schläge mit einem harten Gegenstand sein. Sie werden vollkommen verheilen. Sobald der Schock abgeklungen ist, können wir mehr sagen. Lassen Sie ihr erst einmal die Zeit, zur Ruhe zu kommen.«

Dank Peters rasantem Fahrstil legten die Detektive die Strecke vom Krankenhaus nach Kelkheim in nur zehn Minuten zurück. Beide hingen schweigend ihren Gedanken nach, und als sie auf der Höhe des griechischen Lokals waren, bog Peter scharf nach rechts ein.

»Was hast du vor?«

»Jedenfalls nicht, mich in die Küche zu stellen und zu kochen.«

»Gute Idee; Hunger habe ich auch. Kein Wunder, wann gab's denn das letzte Mal was?«

Einige Minuten später, sie saßen bereits an ihrem Stammplatz, hob Peter sein Glas und sagte: »Trinken wir darauf, dass Verena wieder in Sicherheit ist, auch wenn die Täter noch in Freiheit sind.«

»Das kann sich schnell ändern.«

»Wie meinst du das?«

»Äh, ach – nichts, Prost.«

Peter war viel zu sehr in Gedanken und auch zu hungrig, um über Stefans Worte weiter nachzudenken. Sie verschlangen ihr Essen schweigend, und erst beim abschließenden Mokka wurden sie wieder gesprächiger.

»Wir dürfen nicht zu spät nach Hause kommen; ich muss noch ein paar Telefonate führen«, sagte Peter. Seine Eltern und Verenas Mitbewohnerin Andrea wolle er heute Abend anrufen. »Der Chef und die Arbeitskollegin können bis morgen warten.«

Am gleichen Nachmittag, etwa um die Zeit, als Verena gefunden wurde, begann sich auf der A 61 der Stau aufzulösen. Marc, der einige Stunden lang Blut und Wasser geschwitzt hatte, dass keiner der Polizisten, die vorbeikamen, sein Autokennzeichen auf einer Fahndungsliste gesehen hatte, konnte zum ersten Mal aufatmen. Er ließ die Kupplung kommen und den alten Wagen fast einhundert Meter nach vorn rollen.

Immerhin etwas, dachte er, denn so viel war es innerhalb der letzten fünf Stunden nicht vorangegangen. Marc dachte an Rotterdam, die Niederlande und all das Geschwafel von EU und europäischer Einheit. Da Marc in den letzten sieben Jahren das Zusammenwachsen Europas nur durch die Gitterstäbe der Haftanstalt miterlebt hatte, war er der felsenfesten Überzeugung, dass Europas Polizeibehörden einander mehr denn je misstrauisch beäugten, aber kaum zusammenarbeiteten.

Deshalb fuhr er, als es endlich nicht mehr nur im Schritttempo weiterging, zuversichtlich Venlo entgegen. Aber er hatte die Rechnung ohne den Wirt gemacht, denn einige fleißige Polizeibeamte hatten es nicht versäumt, auch die niederländischen Behörden zu verständigen.

Einige Zeit später überquerte er die Grenze zu den Niederlanden, die seit dem Schengener Abkommen nicht mehr kontrolliert wurde, und wähnte sich so sehr in Sicherheit, dass er nicht die Umgehungsautobahn, sondern die kürzere Strecke durch die Innenstadt nehmen wollte. Doch kaum hatte er die Anschlussstelle passiert, da sah er sie plötzlich. Vor ihm am Straßenrand stand ein ziviler Polizeiwagen, in dessen Heckscheibe das Wort *Politie* aufblinkte. Ein Beamter stand auf der Straße und stoppte alle Wagen mit deutschem Kennzeichen.

Sofort bekam er feuchte Hände und begann am ganzen Körper zu zittern. Doch nur wenige Sekunden später wurde er so ruhig wie schon lange nicht mehr. Er holte seine Pistole aus dem Handschuhfach, entsicherte sie und fuhr ganz langsam auf den Polizeiwagen zu. Dann öffnete er das Fenster, als wolle er mit dem Beamten sprechen, und als er mit ihm auf einer Höhe war, feuerte er ohne Vorwarnung. Der Polizist, der einen Schritt an den Wagen herangetreten war, hatte keine Chance und sackte in sich zusammen. Sein Kollege, der noch im Auto saß, würde nun bestimmt Meldung machen, und das musste er verhindern. Er ließ den Passat anrollen, kam so näher an den Polizeiwagen heran und feuerte auf den Beamten, von dem er nur Umrisse erkannte. Aber er schien getroffen zu haben, denn als die Scheibe geborsten war, war auch der Beamte verschwunden.

Doch schien der Polizist es geschafft zu haben, einen Funkspruch abzusetzen, denn im nächsten Augenblick ertönte in einiger Entfernung das Martinshorn eines weiteren Polizeiwagens. Marc gab Gas und startete durch. Er beschleunigte den alten Passat innerhalb der Stadt auf mehr als einhundert Stundenkilometer, aber der Polizeiwagen, ein schwerer Mercedes, kam immer näher.

Plötzlich knallten Schüsse. Die verdammten Bullen eröffnen allen Ernstes das Feuer auf mich, dachte Marc. Dann splitterte Glas; sie hatten die Heckscheibe getroffen. Im nächsten Moment knallte es erneut, und ein stechender Schmerz durchzuckte seinen rechten Arm.

Was soll denn das?, dachte Marc zornig, ihr wollt mich abknallen? Wenn ihr euch da nicht mal verrechnet habt!

Da er inzwischen die niederländische Mittelstadt durchquert hatte, gab er noch mehr Gas und war kurz darauf wieder auf der Autobahn. Hier hatte er trotz der hundertzehn PS unter der Haube des Passats keine Chance, seinem schnellen Verfolger zu entkommen, also musste er sie überlisten. Das würde ihm wohl direkt hinter dem Autobahnkreuz Zaarderheiken am besten gelingen, das unmittelbar vor ihm lag. Er fuhr trotz höllischer Schmerzen auf die linke Fahrbahn hinüber und überholte mit mehr als hundertsiebzig Stundenkilometern einige langsame Fahrzeuge. Die Polizisten folgten ihm auf die Überholspur und gingen seinem Täuschungsmanöver auf den Leim. Sie hatten ihre Rechnung eben ohne ihn – den besten Autofahrer Deutschlands, wie er sich selbst nannte – gemacht.

Kurz nachdem er einen Lkw überholt hatte, stieg er so fest

in die Eisen, dass er für einen Moment quer zur Fahrbahn vor dem Lastwagen vorbeischlidderte und gerade noch die Ausfahrt Grubbenvorst erwischte. Der Polizeiwagen hatte keine Chance. Eingeklemmt zwischen Leitplanke und Lkw musste er an der Ausfahrt vorbeifahren und würde bestimmt erst einen Kilometer weiter auf dem Standstreifen zum Halten kommen. Bis sie ebenfalls abfahren konnten, würde Marc außer Gefahr sein.

Es war ihm klar, dass er dennoch nicht in den Niederlanden bleiben durfte, denn er konnte sich nirgends verstecken. Hier gab es zu viel flaches Land, zu wenig Wald, und vor allem kannte er sich nicht gut genug aus. Deshalb fuhr er im Zickzackkurs auf winzig kleinen Straßen in Richtung Roermond. Ein radikaler Richtungswechsel, den sie bei ihm garantiert nicht vermuteten. Wahrscheinlich wussten sie schon, wer er war, und glaubten, er werde versuchen, auf dem schnellsten Weg nach Rotterdam zu kommen. Wie er es ohne diese blöde Straßensperre auch getan hätte.

Es dauerte lange, bis er bei Swalmen wieder deutschen Boden unter die Räder bekam. Hier konnte er sich für einen Tag verstecken, denn mit dem Naturpark Maas-Schwalm-Nette gab es ein größeres zusammenhängendes Waldgebiet. Dort fühlte er sich sicher. Bis zu diesem Augenblick hatte er kaum Gelegenheit gehabt, sich um die Schmerzen in seinem Arm zu kümmern, die immer schlimmer wurden. Aber nun, da die Nacht hereinbrach und er weitab von jeder Straße auf einem Waldweg stand, sah er seinen Arm genauer an. Der Ärmel seines Hemdes war blutdurchtränkt, aber es war nur eine Fleischwunde. Da hatte er mehr Glück gehabt als das Autoradio, das einen Volltreffer kassiert hatte.

Marc beschloss, erst einmal im Wald abzutauchen und sich auszuruhen. Außerdem musste er seine Wunde dringend verarzten, denn die Schmerzen steigerten sich von Minute zu Minute. Er holte den Verbandskasten aus dem Kofferraum, dessen von Kugeln durchlöcherter Deckel einem Sieb glich, setzte sich auf den Beifahrersitz und krempelte den Ärmel hoch. Als er das Desinfektionsmittel in die Wunde träufelte, schrie er laut auf, aber da musste er jetzt durch. Mit allen Mullbinden, die er fand, umwickelte er seinen Arm und zog zum Schluss eine elastische Binde darüber.

Als er sein Werk begutachtete, musste er grinsen. Nicht schön, aber selten, dachte er, und vor allem wirkungsvoll, denn die Schmerzen ließen ganz allmählich nach.

Anschließend überlegte er, wie er weiter vorgehen sollte. Konnte er seinen Plan, über den Hafen von Rotterdam aus Europa zu verschwinden, überhaupt noch weiter verfolgen?

Nun, diese Entscheidung hatte noch einige Stunden Zeit. Erst einmal musste er sich ausschlafen. Aber egal wie er sich entschied, er musste unbedingt dieses Auto loswerden. Es war inzwischen bekannter als der sprichwörtliche bunte Hund.

Ich brauche unbedingt eine unauffällige Hülle, sagte er zu sich selbst, denn mein Gesicht grinst mir bestimmt bald auf Fahndungsplakaten in jedem Winkel Europas entgegen.

9.

Am Dienstagmorgen waren Stefan und Peter schon sehr zeitig auf den Beinen. Das Nachwirken der Ereignisse der letzten Tage hatte keinen von ihnen ruhig schlafen lassen. Von Albträumen geplagt wälzten sie sich in ihren Betten herum, bis der Wecker klingelte.

Stefan fuhr, wie er es geplant hatte, ins Klinikum nach Bad Soden, wo es so früh am Morgen noch ausreichend Parkplätze gab. Er stellte sein Auto in der Nähe des Eingangs ab und stieg aus. Obwohl es noch nicht einmal neun Uhr war, schlug ihm sogleich die Hitze entgegen, die auch jetzt schon brütend über dem Rhein-Main-Gebiet lag.

Jetzt war es bereits Mitte August, und es war noch immer kein Ende der Hitzewelle in Sicht. Nur nachts kühlte es gewaltig ab. Wahrscheinlich hatte sich Verena, als sie die Nacht über nur leicht bekleidet im Wald hockte, ihre Lungenentzündung geholt.

Zielstrebig betrat er die Station und wollte gerade an die Tür von Zimmer zwölf anklopfen, als ihn jemand ansprach: »Hallo, Sie da. Was wollen Sie denn so früh schon hier?«

»Ich möchte zu meiner Verlobten, Verena Stettner. Sie wurde gestern Nachmittag hier eingeliefert. Ich bin Stefan Weimershaus.«

»Okay, das geht in Ordnung. Wir haben von der Kriminalpolizei die Anweisung erhalten, besonders vorsichtig zu sein. Aber Ihr Name steht ganz oben auf der Liste der zutrittsberechtigten Personen. Ich bin übrigens die Oberschwester.«

Deinem Gekläffe nach habe ich gedacht, du bist der Stationshund, dachte Stefan, zog es aber angesichts der stämmigen Walküre mit den kräftigen Oberarmen vor, seine Weisheiten für sich zu behalten.

Dann öffnete er vorsichtig die Tür. Er trat an Verenas Bett und ergriff ihre Hand, die schlaff auf der Bettdecke lag. Friedlich und mit entspanntem Gesicht lag Verena da und schlief ihrer Gesundung entgegen. Das war gut so, denn Stefan hatte inzwischen einen Plan gefasst, der keinen Aufschub duldete.

Er sah auf seine Armbanduhr, murmelte: »So, jetzt habe ich noch einen Termin, den ich nicht verschieben kann«, und ging zurück zum Auto.

Gerade als er den Motor starten wollte, klingelte sein Handy, das er während des Krankenbesuchs im Auto gelassen hatte.

»Na endlich! Schön, dass du auch mal ans Telefon gehst«, tönte ihm Peters Stimme entgegen.

»Wieso?«

»Na hör mir mal gut zu. Claus Mergentheimer hat mich soeben angerufen und mitgeteilt, dass die Suche nach den Tätern noch nichts ergeben hat. Jan Hinkebein ist bislang nicht in Frankfurt aufgetaucht, was Claus und ich eigentlich erwartet hätten. Das soll aber nicht als Aufforderung verstanden werden, uns an der Suche zu beteiligen.«

»Sagst du das?«

»Nein, das ist der Originalton von Claus, aber ich finde, er hat recht. Verena braucht uns jetzt besonders dringend. Außerdem müssen wir irgendwann auch mal wieder etwas Geld verdienen.«

»Geld, immer nur Geld!«, schnaubte Stefan verächtlich. »Kannst du an nichts anderes mehr denken? Wenn ich die beiden zuerst erwische, die meiner Verena das angetan haben, erkennst du sie nicht wieder, das …«

»Schalt mal 'nen Gang zurück, Stefan. Du hilfst Verena kein bisschen, wenn du dich in Gefahr begibst oder am Ende gar strafbar machst.«

»Du hast ja recht, aber …«

»Nichts aber!«, fiel Peter ihm unsanft ins Wort. »Du kommst jetzt auf der Stelle her. Das Telefon klingelt ohne Unterbrechung, und ich musste schon drei Aufträge ablehnen.«

»Soll das etwa ein Befehl sein?«

»Du kannst es gern so auffassen, wenn du nur kommst.«

»So kannst du nicht mit mir reden! Weißt du was, du kannst mich mal!«, brüllte Stefan ins Telefon und drückte kurzerhand die *Auflegen*-Taste.

Kaum hatte er das Gespräch beendet, da tat ihm sein harscher Ton leid, aber er sagte sich, dass auch Peter nicht so mit ihm umgehen durfte. Er würde nun seinen Plan allein durchziehen und nicht, wie er es erst vorgehabt hatte, mit Peter abstimmen.

Dann wollte er den Motor starten, aber der Anlasser gab nur ein müdes Würgen von sich.

»Willst du mir jetzt auch noch vorschreiben, was ich zu tun und zu lassen habe? Mach nur weiter so. Dann landest du schneller auf dem Schrottplatz, als dir lieb ist.«

Als ob sein Wagen die Standpauke verstanden hätte, entschloss er sich nun anzuspringen, und Stefan atmete erleichtert auf.

»Warum denn nicht gleich so? Muss man dir immer erst drohen?«, fragte er fast schon wieder fröhlich.

Nur sein Streit mit Peter lag ihm noch schwer im Magen.

»Na ja, das wird sich wieder einrenken«, sagte er zu sich selbst, »aber er muss begreifen, dass ich nicht immer nur nachgeben kann.«

Während Stefan über Bad-Soden-Neuenhain in Richtung Königstein fuhr, plante er seine nächsten Schritte; und je weiter er in den Taunus hineinfuhr, umso sicherer wurde er, dass sich dieser Jan noch immer in den Wäldern um die Hütte herum aufhielt. Schließlich hatte Jan nicht nur Angst vor Marc, sondern auch vor der Polizei und dem Knast. Stefan war sich sicher, dass Jan Schutz im Unterholz gesucht hatte, und versuchte, sich in dessen Lage zu versetzen. Dabei erinnerte er sich deutlich an Daos Worte, der überzeugend dargelegt hatte, warum man bei einer kopflosen Flucht eher nach unten als nach oben rennt. Deshalb wollte Stefan dieses Mal auch gar nicht erst nach Mauloff fahren, sondern sich von der talwärts gelegenen Seite an die Hütte heranschleichen. Er fuhr über Oberems, das zu den am schönsten gelegenen Dörfern im Taunus zählt, nach Wüstems, und von dort aus auf einem asphaltierten Waldweg ein ganzes Stück in den Wald hinein.

Aufmerksam und mit geschärften Sinnen ging er in Richtung der Jagdhütte. Dabei blieb er aber nicht nur stur auf dem Weg, sondern lief auch hin und wieder ein Stück querfeldein, weil er glaubte, ein verdächtiges Geräusch oder eine schnelle Bewegung wahrgenommen zu haben. Da er kein wirklich begabter Waldläufer war, stolperte er von Zeit zu Zeit über Baumwurzeln, blieb mit der Schulter an Dornenhecken hängen und wäre einmal sogar beinahe in eine Schlammkuhle gefallen, hätte er nicht im allerletzten Augenblick darüber hinwegspringen können.

Er war inzwischen so weit in den Wald hineingegangen,

dass er sich nur noch dank der detaillierten Karte zurechtfand, die er sich am Morgen aus dem Archiv im Büro geholt hatte. So stellte er fest, dass er in Kürze an eine Weggabelung kommen würde, deren rechte Abzweigung zur Hütte führte, während der linke Weg noch tiefer in den Wald ging und immer schmaler wurde. Instinktiv bog er nach links ab und folgte dem Weg einige Hundert Meter. Nun war er bestimmt schon vier Kilometer in den Wald hineingelaufen, ohne dass er eine Menschenseele getroffen, geschweige denn eine Spur von Jan gefunden hätte. Die einzigen Ergebnisse seines Ausfluges waren eine eingerissene Strickjacke und unzählige Kratzer an Gesicht und Händen.

Da sah er es. Nicht einmal zwanzig Meter entfernt von ihm bewegte sich etwas im dichten Unterholz. Vorsichtig pirschte er sich näher heran und musste im nächsten Moment feststellen, dass er nun bestimmt zum zehnten Mal einem davonflatternden Vogel aufgesessen war. Dennoch wollte er zur Sicherheit noch einige Schritte weitergehen, bevor er die Suche einstellte.

Peter hat wohl recht, dachte er. Ich laufe Gefahr, mich in etwas zu verrennen, man braucht wohl wirklich mehrere Hundertschaften Polizeibeamte, um diesen Wald zu durchkämmen.

Gerade als er umdrehen wollte, sah er, dass sich vor ihm ein Abgrund auftat. Vorsichtig sah er hinunter und stellte fest, dass es sich von der Größe her fast nicht mehr um einen Bombentrichter aus dem Zweiten Weltkrieg handeln konnte, sondern vielmehr die Einschlagstelle eines urzeitlichen Meteoriten sein musste. Er war sechs oder sieben Meter tief und hatte einen Durchmesser von etwa fünfzig Metern. Dann erschrak Stefan. Auf dem Kraterboden lag ein Mann mit dem Gesicht nach unten. Er schien bewusstlos oder vielleicht sogar tot zu sein. Claus' Beschreibung von Jan passte in etwa auf ihn. Ohne lange nachzudenken, rannte Stefan zum Auto zurück und ließ sich ausgepumpt auf den Fahrersitz fallen.

Was mache ich hier?, fragte er sich. Verena liegt krank und zerschunden in der Klinik, und ich überlege, wie ich diesem verkommenen Verbrecher helfen kann. Ich sollte diesen Jan da liegen … Aber was wäre, wenn er nicht … Wäre Verena dann überhaupt noch am Leben?

Stefan studierte die Karte und stellte schnell fest, dass an der anderen Seite des Kraters, wo die Wand nicht so steil abfiel, auch ein Weg vorbeiführte. Deshalb fuhr er schnell dorthin.

Vorsichtig stieg er hinunter und ging auf den Mann zu – allem Anschein nach war es wirklich dieser Jan – und berührte ihn an der Schulter.

»Au, au, oh weh!«, stöhnte der Mann und sah mit schmerzverzerrtem, aber auch ängstlichem Blick zu Stefan auf.

Offensichtlich hatte er schon länger hier gelegen und war völlig am Ende. Als Stefan ihm aufhelfen wollte und nach seinem linken Arm fasste, wimmerte er erneut, und Stefan nahm den rechten, um ihm auf die Füße zu helfen. Kaum stand Jan, da wollte er auch schon flüchten, aber schon sein erster Schritt ließ ihn vor Schmerzen zusammenzucken.

Als ihr Verena entführt habt, wart ihr auch nicht so zimperlich, dachte Stefan und zog den Verletzten mit sich.

»Hat Sie jemand gestoßen?«

»Nein.«

»Sind Sie gestürzt?«

»Ja, und ich hab höllische Schmerzen.«

»Da oben steht mein Auto«, sagte Stefan und schob den

Ganoven ziemlich unsanft die nicht allzu steile Rampe hinauf.

Während er sein Auto startete, das nun wieder problemlos ansprang, forderte er den Mann auf: »Los, erzählen Sie mir alles.«

»Was wollen Sie überhaupt von mir, wer sind Sie?«

»Das tut jetzt nichts zur Sache. Vielmehr will ich von Ihnen wissen, wer Sie sind und was Sie in meinem Revier zu suchen haben.«

»Sind Sie der Förster?«

»Hm.«

»Ich heiße Jan und habe mich vor zwei Tagen hier im Wald verirrt. Als ich gestern Abend, es war schon dunkel, zwischen den Bäumen endlich Licht gesehen habe, bin ich darauf zugegangen und in die Schlucht gestürzt. Ich kam nicht mehr hoch. Danke, dass Sie mir geholfen haben. Jetzt muss ich aber weiter.«

»Das könnte Ihnen so passen«, sagte Stefan, trat das Gaspedal etwas weiter durch und rauschte mit dem völlig verblüfften Jan Hinkebein auf dem Beifahrersitz durch den Wald.

Mit einiger Verspätung ging Jan ein Licht auf, und er fragte: »Sie sind nicht der Förster?«

»Nein, und seien Sie froh, dass ich Sie gefunden habe und nicht die Polizei. Denen können Sie keine derartigen Märchen erzählen. Außerdem werde ich Ihnen helfen, wenn Sie mir helfen, Ihren Komplizen zu finden. Werden Sie das tun?«

»Warum sollte ich?«

»Ganz einfach«, erklärte ihm Stefan und beschleunigte weiter, da sie die Straße nach Oberems erreicht hatten. »Weil ich wissen will, was Sie meiner Verlobten angetan haben.«

»Was … was, das war … war Ihre Verlobte, die … die wir in die Hütte gebracht haben?«, stammelte Jan, dem gar nicht bewusst wurde, dass er soeben ein Geständnis abgelegt hatte.

Das hatte gesessen. In Stefan stieg rasende Wut auf, als er sich vorstellte, was Verena so alles widerfahren sein konnte. Doch dann zwang er sich mühsam zur Ruhe, denn Jan Hinkebein war ganz offensichtlich kein brutaler Gangster vom Schlage Marc Meisenbergers.

»Also los, erzählen Sie alles – von Anfang an.«

Während Jan ihm Marcs Plan, ihren Ausbruch sowie die Entführung schilderte und sich dabei mehrfach verhaspelte, musste Stefan sich beherrschen, um nicht rechts an den Straßenrand zu fahren und diesem Trottel die Fresse zu polieren. Doch mit der Zeit wurde immer deutlicher, dass Marc ihn schon im Gefängnis manipuliert hatte. Von selbst wäre Jan gar nicht auf die hirnrissige Idee mit der Entführung gekommen.

Als Jan an die Stelle kam, an der er Marcs Mordversuch schilderte, musste sich Stefan sogar zwingen, nicht auch noch so etwas wie Sympathie für Verenas Entführer zu empfinden. Denn wenn dessen Schilderung stimmte, und das war gut möglich, dann hatte er Verena nicht nur gut behandelt, sondern tatsächlich unter Einsatz des eigenen Lebens das ihre gerettet.

Deshalb riet ihm Stefan, gegenüber Polizei und Staatsanwaltschaft immer klarzustellen, dass Marc die treibende Kraft war. Außerdem verabredete Stefan mit Jan, dass er ihn, noch bevor Jan die Chance bekam, sich selbst zu stellen, Verena gegenüberstellen würde.

»Ja, das ist okay, dann kann ich mich bei ihr entschuldigen«, sagte er zerknirscht.

Schweren Herzens entschloss sich Stefan dann, Peter anzurufen und dessen Schimpfkanonade über sich ergehen zu lassen.

Zu seiner Verwunderung tönte ihm aber mit milder Stimme entgegen: »Endlich höre ich etwas von dir. Wo bist du denn? Es wird Zeit, zu Verena in die Klinik zu fahren.«

»Ich bin bereits auf dem Weg dorthin, und rate mal, wen ich mitbringe.«

»Keine Ahnung, wen denn?«

»Jan Hinkebein.«

»Bist du denn von allen guten Geistern verlassen?«, fragte Peter schockiert. »Sei bloß vorsichtig! Treffen wir uns beim Eingang?«

»Ja, bis gleich. Gibst du mir Claus' Nummer?«

»Ich erledige das für dich.«

Peter legte den Hörer auf die Gabel zurück und dachte: Donnerwetter, der Junge hat Mumm.

Dann schüttelte er verblüfft den Kopf, denn Stefan hatte im Alleingang geschafft, was bis dahin nicht einmal der Polizei mit ihrem immensen technischen und personellen Apparat gelungen war, diesen Jan Hinkebein im Taunus aufzuspüren.

Eigentlich müsste ich ärgerlich über seinen Alleingang sein, dachte er, stattdessen bin ich mächtig stolz auf ihn. Er ist in wenigen Jahren ein richtig guter Detektiv geworden.

Keine halbe Stunde später hatten Stefan und Peter ihren Gefangenen in der Ambulanz abgegeben und waren auf dem Weg in den zweiten Stock zu Verenas Krankenzimmer.

»Ich habe zu Claus nur gesagt, dass wir neue Erkenntnisse zum Aufenthalt von Jan Hinkebein hätten«, sagte Peter, als sie das Zimmer betraten.

Verena war wach, und als sie ihren Onkel erkannte, huschte ein Lächeln über ihr Gesicht.

»Hallo, Onkel Peter«, sagte sie leise.

»Schau mal, wen ich dir mitgebracht habe.«

Erst in diesem Augenblick registrierte Verena Stefans Anwesenheit im Zimmer, und sie fragte irritiert: »Wer ist denn das?«

»A… Aber Verena …« stotterte Stefan. »Was … was um alles in der Welt …«

Der Stationsarzt, der in diesem Moment hereinkam, hielt ihn davon ab, zu dicht an Verena heranzutreten, und sagte: »Ihre Verlobte hat einen zumindest teilweisen Gedächtnisverlust erlitten. Ob ihre Kopfverletzung oder der Schock ausschlaggebend ist, lässt sich im Moment noch nicht genau sagen. Sie kann sich an die letzten Jahre und alles, was in dieser Zeit geschehen ist, nicht erinnern. Wir hatten schon gestern eine dahin gehende Vermutung, aber erst seit heute Vormittag wissen wir mehr.«

»Das ist ja nicht zu fassen«, murmelte Peter, und der Arzt sprach weiter: »Vermutlich ist es nur eine Frage von Stunden oder Tagen, bis das Gedächtnis beginnt, sich die verlorene Zeit zurückzuerobern. Es kommt allerdings auch vor, dass selbst nach Wochen oder Monaten …«

»Kann es sein, dass sie sich nie mehr an mich erinnert?«, fragte Stefan erschrocken, und während der Mediziner ihm Rede und Antwort stand, setzte sich Peter zu seiner Nichte, die kurz darauf vor Erschöpfung wieder einschlief.

Während die beiden Detektive wieder nach unten gingen, sagte Peter, wie um Stefan abzulenken: »So jetzt sehen wir mal, was dein Gefangener macht. Und wenn er verarztet ist, übergeben wir ihn Claus, der wird Augen …«

Peter kam nicht mehr dazu den Satz zu vervollständigen, denn er sah, dass Jan die Gunst der Stunde nutzen und fliehen wollte. Er spurtete los und bekam ihn bereits an der Eingangstür zu fassen, da Jan sie wegen seines eingegipsten Arms nicht schnell genug öffnen konnte.

»Halt, du Strolch. So haben wir nicht gewettet«, sagte Stefan, und die beiden Detektive nahmen den Entführer in ihre Mitte. Dann setzte Stefan nachdenklich hinzu: »Mir kommt da gerade eine Idee.«

»Was denn?«, fragte Jan heiser, und auch Peter war ganz Ohr.

»Du hilfst uns jetzt, Marc zu finden.«

»So kannst du noch ein paar Pluspunkte sammeln, bevor wir dich der Polizei übergeben«, sagte Peter.

Jan fuhr herum und starrte die beiden an.

Dann sagte er bedächtig: »Ja, klar, mach ich.«

Da sie inzwischen bei den Autos angekommen waren, sagte Peter: »Stefan, lass deinen Wagen hier stehen und setz dich mit Jan bei mir hinten rein. Pass aber gut auf den Burschen auf. Wenn er ausbüxt, kommen wir in Teufels Küche.«

10.

Am frühen Dienstagnachmittag hatte sich Marc so weit ausgeruht, dass er einen zweiten Versuch wagen konnte, Rotterdam zu erreichen. Sein Arm schmerzte zwar höllisch, aber ihn hielt nichts mehr in seinem Versteck. Dass er noch immer mit dem Auto seiner Verflossenen unterwegs war, störte ihn gewaltig. Ein anderes musste her, und zwar schnell. Das Gebiet, in dem er sich zurzeit aufhielt, kannte er aus der Zeit vor seiner Inhaftierung wie seine Westentasche, denn hier hatte er, immer wenn er in die Niederlande gefahren war, um Koks für sich und seine Bekannten zu besorgen, campiert.

Deshalb ließ er das Auto, das mit seiner zersplitterten Heckscheibe und dem zerschossenen Kofferraum zu auffällig war, auf dem Waldweg stehen und ging zu Fuß zur Straße zurück. Nach einigen hundert Metern stellte Marc jedoch fest, dass ihn das Laufen wegen des doch recht hohen Blutverlustes zu sehr anstrengte. Er ging zum Wagen zurück, fuhr knapp zwei Kilometer bis zu einem kleinen Parkplatz, den er noch von früher her kannte, und hatte wieder einmal unverschämtes Glück. Gerade als er sein ramponiertes Auto unauffällig am Rand des Parkplatzes abgestellt hatte, sah er, wie ein älterer Renault Nevada angefahren kam und am anderen Ende des Parkplatzes anhielt. Dem Kennzeichen nach waren es Touristen aus dem Berchtesgadener Land.

Der Ganove drehte schnell das Seitenfenster seines Passat herunter und hörte gerade noch, wie die Frau zu ihrem Mann sagte: »Ich bin gleich wieder da.«

Dann verschwand sie schnell im Wald.

Kurz darauf stieg auch der Fahrer aus und ließ seinen Hund aus dem Wagen. Er hob einen Ast vom Boden auf, warf ihn in den Waldweg hinein und folgte seinem Hund.

Marc holte die Smith & Wesson aus dem Handschuhfach und stieg vorsichtig aus. Den Zündschlüssel des VW Passat warf er einige Meter entfernt ins hohe Gras. Selbst wenn sie ihn fanden, brauchte er nicht zu fürchten, dass sie damit die nächste Polizeistation ansteuerten, denn er war mit dem allerletzten Tropfen Benzin hierhergekommen. Vorsichtig sah Marc sich um und stellte fest, dass die Leute nicht in der Nähe waren. Es hätte ihm zwar nichts ausgemacht, auf sie zu schießen, aber ihr Hund sah haargenau so aus wie sein Blacky, den er als Kind besessen hatte. Das hätte er im Leben nicht fertiggebracht.

Marc schlich zum Wagen hinüber und wollte schon die Seitenscheibe einschlagen, zog dann aber doch erst am Türgriff. Er hatte schon wieder Glück. Nicht nur sie war offen, sondern es steckte sogar der Zündschlüssel.

Leute gibt's, dachte er und musste grinsen, denn auch der Tank war randvoll. Heute ist mein Glückstag.

Er startete die Familienkutsche und nahm erneut Kurs auf die Niederlande. Den Plan, auf einem Frachter nach Südamerika anzuheuern, hatte er keineswegs aufgegeben, und Rotterdam war dafür schon allein wegen seiner Größe und Unübersichtlichkeit der beste Ausgangshafen. Er entschloss sich die Grenze auf einer winzigen Straße ganz in der Nähe zu überqueren und sich auf der gesamten Strecke weitab vom Fernverkehr zu bewegen.

Dabei hatte er allerdings nicht bedacht, dass die Schießerei, die er sich am Vortag mit der Polizei geliefert hatte, in
dem kleinen Land immer noch meterhohe Wellen schlug.
Schließlich hatte er zwei Polizeibeamte niedergestreckt.

Dass sie ihn inzwischen identifiziert hatten, damit rech-
nete er. Aber dass sie ihn durchschaut und seine vorüber-
gehende Rückkehr nach Deutschland einkalkuliert hatten,
mit seiner baldigen Wiedereinreise rechneten und deshalb
die gesamte Grenzregion überwachten, lag außerhalb seiner Vorstellungswelt.

Erst als er, schon wieder in den Niederlanden, sich einem
allein stehenden Gehöft näherte, fiel es ihm wie Schuppen
von den Augen. Die drei gut getarnten zivilen Polizeiwagen,
die er nur durch Zufall entdeckte, machten ihm klar: Hier
war kein Durchkommen möglich.

»Mich kriegt ihr nicht, ihr Scheißbullen«, knurrte er und
wendete den recht großen Wagen schwungvoll.

Dass er dabei beinahe in den Wassergraben neben der
Straße gerutscht wäre, registrierte er gar nicht. Dann gab
er Gas. Mit aberwitziger Geschwindigkeit und fast schon
panisch raste er durch die Abenddämmerung, und es war
erneut großes Glück für ihn, dass an diesem Abend niemand mehr auf der kleinen Straße unterwegs war.

Erst als er wieder deutschen Boden unter den Rädern
hatte, wurde er langsamer und dachte: Nun ja, Plan eins
ist gescheitert. Nur gut, dass es noch einen Plan zwei gibt.

Während Peter Kelkheim entgegenfuhr, rief er, ohne sich
umzudrehen: »Stefan, quetsch den Typen mal aus, wohin
sein Ganovenkumpel geflohen sein könnte.«

»Okay Peter, mach ich. – Also, was fällt dir dazu ein,
Jan?«

»Nicht viel.«

»Das ist besser als nichts. Also raus damit.«

Als Jan Hinkebein sich ins Polster zurückfallen ließ und erst einmal schwieg, rief Peter nach hinten: »Okay, dann fahren wir gleich zur Polizei und sagen, du warst nicht kooperativ.«

»Moment mal«, sagte Jan, und man sah ihm förmlich an, dass er mit sich kämpfte, ob er Marc verpfeifen sollte.

Erst als Stefan mit den Worten »Denk dran, dass Marc auch dich erschlagen wollte« nachhalf, murmelte Jan: »Ja, ihr habt recht.«

»Womit?«

»Ich werd auspacken. Er hat gesagt, dass er sich erst noch falsche Papiere besorgen muss und dann mit einem Frachter nach Südamerika will.«

»Das ist doch schon mal etwas. Weißt du, ob er die Papiere schon hat?«

»Ich glaube nicht, denn er hat es am Sonntagmorgen zum ersten Mal erwähnt.«

»Prima, das verringert seinen Vorsprung«, rief Peter nach hinten. »Also los – welcher Hafen, Hamburg, Bremerhaven oder Rotterdam?«

»Er hat was von Rotterdam gesagt. Außerdem noch was von einer Alternative.«

»Welche?«

»Ich weiß nicht so genau. Ich … ich hatte den Eindruck, er hat sich verplappert. Ich hab nur Großbritannien und irgendwas von den Staaten verstanden.«

»Na also, es geht doch, weiter so«, sagte Stefan.

»Weiter weiß ich nichts. Außerdem hab ich Hunger.«

»Keine Zeit«, rief Peter von vorn, »wenn wir Marc gefunden haben, kannst du dich satt essen.«

»Peter, was hast du vor?«

»Weiß ich im Moment selbst noch nicht so genau. Zuerst wollte ich nur mal kurz aus dem Klinikbereich weg, um diese Type ordentlich auszuquetschen, aber inzwischen habe ich die Hoffnung, dass dieser Marc noch nicht über alle Berge ist. Ich fahr erst mal in Richtung Autobahnauffahrt Niedernhausen, und dann sehen wir mal. Es kommt ja schließlich auch darauf an, wie kooperativ Jan ist.«

Ganz wohl war Peter nicht in seiner Haut, denn wenn Jan es schaffte, ihnen zu entkommen, sah er im Geiste schon die Schlagzeilen:

Detektiv-Duo verhilft Entführer zur Flucht

Darauf könnte ich gerne verzichten, dachte er, aber Stefan wird das anders sehen. Nun gut, versuchen wir diesen üblen Burschen aufzuspüren. Da haben wir ja richtig Glück gehabt, dass ich ausnahmsweise mal meine Pistole dabei habe. Leider gilt das nicht für die Handschellen. Wer kann denn auch ahnen, dass man die braucht, wenn man einen Krankenbesuch macht.

Dann konzentrierte sich Peter wieder auf den Verkehr, und nur eine Stunde nachdem sie das Krankenhaus verlassen hatten, fuhren sie bereits Limburg entgegen.

»Unser Freund scheint müde zu werden«, sagte er.

»Glaub ich nicht; er stellt sich nur schlafend. Wahrscheinlich hofft er, dass dann meine Aufmerksamkeit nachlässt und er abhauen kann. – Stimmt's?«

»Äh, na ja …«

»Versuch es erst gar nicht. Ich habe eine gute Nahkampfausbildung erhalten.«

»Auch das noch«, sagte Jan, um dann nachdenklich hinzuzufügen: »Ich weiß ja, dass du mit Verena verlobt bist, aber wer seid ihr wirklich? Otto Normalbürger würde niemals selbst auf die Jagd nach Marc gehen.«

»Ich bin ihr Onkel«, antwortete Peter, »und zusammen sind wir die Taunus-Ermittler, wie uns die Presse nennt. Schon mal davon gehört?«

»Allerdings. Ihr seid diese Detektive?«

»Ganz genau.«

»Oh scheiße, dann kann ich wirklich gleich kapi…«

»Glaub mir, es ist besser«, sagte nun auch Stefan und ließ Jan anhand des Autoatlasses die Wegstrecke heraussuchen, die Marc genommen haben könnte.

Derweil jagte Peter den kleinen Diesel Stunde um Stunde mit Höchstgeschwindigkeit über die Autobahn, und seine Hoffnung, Marc Meisenberger wirklich aufspüren zu können, sank mit jedem Kilometer, den sie in die Abenddämmerung hineinfuhren. Es war einfach schon zu viel Zeit seit dem Ende der Entführung vergangen.

Langsam wurde der Abend zur Nacht, und als sie Mönchengladbach entgegenfuhren, war es bereits dreiundzwanzig Uhr. Peter, der die ganze Strecke ohne Halt gefahren war, wurde langsam müde und schaltete das Radio ein, um etwas Musik zu hören, aber es liefen gerade die Nachrichten des Westdeutschen Rundfunks. Aus Bequemlichkeit ließ er den Sender eingestellt, hörte aber nur mit halbem Ohr zu, bis ihn und Stefan die letzte Meldung aufschreckte.

»… und hier noch eine Suchmeldung der Polizeibehörden vom Niederrhein. Gesucht wird der zweiundvierzigjährige Marc Meisenberger …«

»Was!«, schrie Jan auf, der im Halbschlaf den Namen seines ehemaligen Komplizen gehört hatte.

»Halt's Maul!«, wies Stefan ihn scharf zurecht.

»…ochen aus der Justizvollzugsanstalt Butzbach ausgebrochen ist und seitdem eine ganze Reihe Verbrechen begangen hat. Unter anderem hat er eine junge Frau entführt und ist, seit es zu Komplikationen kam, quer durch Deutschland und die Niederlande auf der Flucht. Ob er noch in der Begleitung seines Komplizen Jan Hinkebein ist, der mit ihm zusammen ausbrach, ist unbekannt. Zuletzt wurde er gestern Abend am Stadtrand von Venlo gesehen, wo er sich einen Schusswechsel mit der örtlichen Polizei lieferte und zwei Beamte lebensgefährlich verletzte. Es besteht Grund zu der Annahme, dass Marc Meisenberger, der in einem gestohlenen grünen VW-Passat unterwegs ist, bei der Schießerei selbst verletzt wurde und ärztliche Hilfe in Anspruch nehmen muss. Die Polizei bittet um sachdienliche Hinweise, die zur Ergreifung des als äußerst gefährlich geltenden Verbrechers führen, und rät dringend davon ab, auf eigene Faust gegen diesen vorzugehen, da er rücksichtslos von der Schusswaffe Gebrauch macht. Und nun die Wettervorhersage …«

»Hast du das gehört?«, fragte Peter seinen Freund und war sofort wieder hellwach.

»Das ist ein Ding.«

»Ich hab ehrlich nicht geglaubt, dass wir noch eine Chance haben, den Kerl zu erwischen.«

»Nicht?«

»Ich wollte dich nicht enttäuschen. Jetzt sind die Karten allerdings wieder neu gemischt. Ich vermute nämlich genau wie die nordrhein-westfälische Polizei, dass er sich noch in Deutschland aufhält.«

»Siehst du, ich hatte von Anfang an den richtigen Riecher. Aus mir wird bestimmt mal ein guter Detektiv.«

»Das bist du schon. Aber damit wir in dieser Sache weiterkommen, müssen wir jetzt etwas machen, was zwar nicht ganz legal ist, aber manchmal weiterhilft.«

»Was denn?«

»Du hast mich vor zwei Wochen gefragt, was ich da für einen Kasten unter dem Armaturenbrett angebracht habe. Jetzt erfährst du es.«

Dann schaltete er das Gerät ein, und eine krächzende Stimme meldete einen Verkehrsunfall mit Fahrerflucht auf der B 509 nahe Grefrath.

»Du kannst den Polizeifunk abhören«, staunte Stefan.

»Ja, und ich hoffe, dass uns das jetzt nützlich werden kann. Ich bin nämlich überzeugt, dass dieser Gewohnheitsverbrecher dringend Geld braucht und vor einem Raubüberfall nicht zurückschreckt. Den werden die Beamten vor Ort nicht gleich Marc zuordnen können, aber für uns wäre das Wissen Gold wert.«

»Das stimmt. So, Jan, dein Tipp mit den Niederlanden war nicht schlecht. Aber gute Karten hast du erst dann, wenn wir Marc gefunden haben. Denk nach. Wo kann er stecken?«

»Das weiß ich doch nicht!«

»Dann überleg, allzu viel Zeit bleibt dir nicht.«

Man spürte förmlich, wie es hinter Jans Stirn zu arbeiten begann, und nach einer Weile sagte er zögernd: »Er hat im Suff mal etwas von einem Waldgebiet südlich von Hamburg erzählt, wo er angeblich jeden Stein kennt. Außerdem sagte er, England wäre genauso gut zum Abhauen wie Holland.«

»Na, wenn du willst, geht's doch«, lobte Stefan, und Peter sagte: »An die Insel glaub' ich nicht, das klingt mir mehr nach einer Finte, als er merkte, dass er zu viel ausgeplaudert hat. Ich vermute, dass er in Hamburg gute Kontakte hat, die er nutzen will. Ich mache jetzt mal an dieser Raststätte Halt und hol uns was zu essen. Pass du auf den Burschen auf und vergiss den Polizeifunk nicht.«

Dann holte Peter eine Tüte mit Landkarten aus dem Kofferraum und sagte: »Damit es euch nicht langweilig wird, könnt ihr schon mal nach geeigneten Waldstücken suchen.«

Es war schon stockdunkel, als Marc die A 40 erreichte und dem Renault die Sporen gab. Sein Arm schmerzte höllisch, aber wenn er erst einmal sein nächstes Etappenziel erreicht hätte, könnte er sich in Ruhe um die Verarztung kümmern.

»Flottes Wägelchen«, lobte er das Auto und fuhr in der nächsten Stunde über den Ruhrschnellweg in Richtung Osten. Am Autobahnkreuz Dortmund-West mündete die Autobahn in die vierspurig ausgebaute B 1 mitten durch die Stadt, und Marc erwog kurz, Dortmund zu umfahren. Aber dann entschied er sich anders. Er fuhr auf der Bundesstraße bis zur Ausfahrt Aplerbeck-Ost am anderen Ende der Stadt. Hier wusste er, dass es ein Industriegebiet und, was noch wichtiger war, eine kleine Tankstelle ohne Videoüberwachung gab, die er trotz seiner Verletzung ziemlich gefahrlos überfallen konnte. Er hatte den Tipp kurz vor seiner Flucht aus dem Gefängnis von einem gerade erst verhafteten Bankräuber bekommen und war sicher, dass es ein erstklassiger war.

Marc fuhr mit seinem Wagen an die Zapfsäule, tankte ihn bis zum Anschlag voll und ging in das Kassenhäuschen. Als er vor dem Kassierer stand, zog er mit dem verletzten Arm die Pistole und knurrte: »Geld her, aber dalli.«

»… ja, k…klar«, stotterte der offensichtlich total verängstigte Mann und öffnete die Kasse. Die Schublade war noch nicht richtig aufgesprungen, da schnellte Marcs gesunder Arm vor, und seine Hand griff in das prall gefüllte Fach mit den Fünfzigern. Aber der Kassierer war genauso schnell und schob mit voller Kraft die Kassenschublade wieder zu. Marc riss seinen Arm mit einem Schmerzensschrei zurück.

Gleichzeitig griff der Kassierer mit der anderen Hand unter den Tresen und richtete nun seinerseits eine Waffe auf den Räuber.

Dazu sagte er: »Nicht schon wieder.«

Die beiden Männer sahen sich für den Bruchteil einer Sekunde in die Augen, und Marc erwog, ihn einfach niederzuschießen, war sich aber im Klaren, dass das gefährlich werden konnte, falls der andere auch abdrückte. Zudem war er mit der linken Hand nicht sehr treffsicher, und der verletzte Arm begann bereits deutlich zu zittern.

Scheiße, dachte er, das ist ja gründlich in die Hose gegangen.

Dann drehte er sich um, rannte zum Auto und merkte erst hier, dass er noch immer drei Fünfzig-Euro-Scheine in der Hand hielt. Mit quietschenden Reifen fuhr er davon.

Meine Güte, dachte der Kassierer, als er den Wagen davonfahren sah, das war knapp. Gut, dass er nicht bemerkt hat, dass ich nur eine Spielzeugpistole hatte. Meine Knie schlottern immer noch. Aber der war auch ganz schön nervös! Sonst hätte der nicht so gezittert.

Der Fünfunddreißigjährige mit dem gepflegten Vollbart rief bei der Polizei an und meldete, dass er zum dritten Mal in diesem Jahr überfallen worden sei.

»Wie bitte?«, schrie der Beamte fast. »Wir kommen sofort zu Ihnen.«

»Der Räuber ist sowieso über alle Berge. Außerdem hat

er diesmal nur hundertfünfzig Euro erbeutet, da ich ihm die Hand in der Kasse eingeklemmt habe.«

»Na, Sie trauen sich aber was.«

»Ich glaube, das war sowieso kein hartgesottener Gangster, eher ein verzweifelter Familienvater, denn der hat ja selbst gezittert wie Espenlaub. Außerdem geht der bestimmt noch zum Arzt, die Hand wird bestimmt schön blau werden.

»Haben Sie gesehen, wohin er fuhr?«

»Ja, in Richtung Autobahn, mit einem älteren, dunklen Renault. Das Kennzeichen …«

»Das wissen Sie?«

»Nur teilweise. Es lautet …«

Etwa zur gleichen Zeit verabschiedete sich Peter gerade, um zur Raststätte hinüberzugehen. Er hatte absichtlich etwas abseits geparkt, damit sie nicht auffielen, falls Jan abhauen wollte und Stefan ihn daran hindern musste.

Peter kaufte sämtliche belegte Brötchen, die er auf die Schnelle auftreiben konnte, dazu noch fünf Flaschen Cola sowie zwei Flaschen Wasser, und die Frau an der Kasse sah ihn mitleidig an. Sie dachte wohl, er habe schon seit Tagen nichts mehr zu essen bekommen.

Aber das war Peter egal, denn nun kam das, weswegen er eigentlich angehalten hatte. Er verließ das Raststättengebäude zur anderen Seite hin, vergewisserte sich, dass Jan ihn unmöglich sehen konnte, und tippte Claus' Privatnummer in sein Handy.

»Mergentheimer«, hörte er die verschlafene Stimme seines Freundes, der ihm kurz zuhörte und dann hellwach war.

»Peter, du machst aber auch Sachen!«, rief er so ungehalten aus, dass man im Hintergrund seine Frau murren hörte: »Nicht mal nachts um halb zwölf hat man Ruhe. Immer das gleiche Theater.«

»Warte, ich geh schnell ins Bad. Da können wir ungestört reden.«

Peter wartete, bis der Kommissar dort angekommen war, dann umriss er die Geschehnisse des Tages im Groben, und Claus sah ein, dass schnelles Handeln geboten war.

»Meine Rückendeckung habt ihr«, sagte er, »aber passt auf euch auf und macht keinen Blödsinn; dieser Marc ist gefährlich. Nehmt euch auch vor Jan Hinkebein in Acht, der Typ ist schließlich schon mal ausgerastet. Ich werde allerdings Kommissar Schlindwein aus Wiesbaden einweihen müssen, und ob der Dümmler vom LKA hinzuzieht, werde ich ihm überlassen. Ich werde die Sache aber so modifiziert darstellen, dass Jan darin nicht mehr auftaucht. Sieh also zu, dass keiner ihn zu Gesicht bekommt, sonst kommen wir alle in Teufels Küche. So, einen kleinen Trumpf habe ich aber auch noch in der Hinterhand, den ich für euch ausspielen werde. Wie du weißt, bin ich in Buxtehude geboren, und ein Freund aus Grundschultagen, mit dem ich noch heute Kontakt habe, ist dort zweiter Kommissar bei der Kripo. Ich rufe ihn an und frage, welches Waldstück gemeint sein könnte. Es würde mich allerdings sehr wundern, wenn es sich dabei nicht um die Harburger Berge handelt. Ich ruf dich an, sobald ich mehr weiß. Wenn du dort ankommst, schließ dich mit Kommissar Ebner kurz; das ist mein Freund. Vor dem Revierleiter Hauptkommissar Förster muss ich dich aber warnen, der ist knallhart und nicht ganz astrein.«

»Danke, Claus, du bist spitze. Dafür hast du was gut bei mir. Aber jetzt wird es Zeit, dass wir diesen Meisenberger finden. Ich will eine Gegenüberstellung mit Verena, vielleicht hilft ihr das, ihr Gedächtnis wiederzufinden.«

»Ja, ich habe es auch schon vom Stationsarzt erfahren. Es muss schlimm für Stefan sein, dass sie sich nicht an ihn erinnert.«

»Ja, er leidet wie ein Hund. Aber darüber reden wir, wenn wir zurück sind.«

»Hoffentlich geht alles gut und ihr fasst den Kerl. Tschüss.«

»Habt ihr was gefunden?«, fragte Peter knapp, als er sich neben Jan auf die andere Seite der knappen Rückbank setzte.

»Ja, eine Karte von Karlsruhe und eine von München«, sagte Stefan.

»Ist das alles?«

»Hier ist noch eine vom Hamburger Raum, außerdem haben wir etwas gehört.«

»Welche Karte denn?«, fragte Peter, ohne auf den zweiten Teil einzugehen.

»Schau mal.«

»Donnerwetter, die suche ich seit Ewigkeiten.«

»Kein Wunder, bei dieser Ordnung.«

»Danke für die Blumen, mach's besser«, sagte Peter und verteilte die Brötchen. »Stefan, wenn du willst, kannst du jetzt aussteigen und die Beine bewegen. Ich passe so lange auf den Kleinen hier auf.«

Das musste er nicht zweimal sagen, und kaum war Stefan an der frischen Luft, da fuhr er Jan an: »Also, wo steckt dein Kumpan? Irgendwann werdet ihr doch mal darüber geredet haben. Mach dein Maul auf. Je größer sein Vorsprung ist, umso größer ist deine Chance, dass du alles allein ausbaden darfst.«

»Er hat mir nichts verraten«, jammerte Jan, »außer das mit dem Wald, südwestlich von Hamburg.«

»Südwestlich? Das ist neu. Dass man euch Ganoven immer alles einzeln aus der Nase ziehen muss …«

In diesem Augenblick begann Peters Handy zu klingeln. Er ließ die Seitenscheibe herunter und übergab es an Stefan.

»Erledige du das.«

Wild gestikulierend führte Stefan das Gespräch, und als er geendet hatte, ließ er sich auf dem Fahrersitz nieder.

»Hast du etwas dagegen, wenn ich jetzt fahre?«

»Nein, war das Claus?«

»Ja, wir sollen uns an die Harburger Berge halten. Besonders der Bereich nördlich der A 1 wäre interessant, und er hat mir erklärt, wie wir hinkommen. Dort stoßen wir übrigens auf Kommissar Ebner und seinen Chef.«

»Dann aber los.«

Stefan stellte den Wählhebel der Automatik auf »D« und ließ den kleinen Wagen nach vorn schießen. Schließlich galt es, in den nächsten drei, vier Stunden eine Strecke von gut und gern dreihundertfünfzig Kilometern zurückzulegen.

In der nächsten halben Stunde brausten sie schweigend durch die Nacht, aber irgendwo zwischen Essen und Bochum fragte Peter plötzlich: »Ob wir auf der richtigen Fährte sind? Wir haben schließlich nur Jans Angaben.«

»Ach verdammt!«, sagte Stefan. »Ich habe dir ja ganz vergessen zu erzählen, was dein Wunderkasten von sich gegeben hat.«

»Was denn?«

»Zuerst kam eine Meldung, die sich auf einen Autodiebstahl nahe der niederländischen Grenze bezog. An sich noch nichts, was auf Marc hinweist, aber es wurde auch erwähnt, dass der dunkelblaue Renault Nevada in den Niederlanden gesehen wurde.«

»Scheiße!«, rief Peter so laut, dass Jan, der müde und satt etwas geschlafen hatte, aufwachte und sich ängstlich umsah. »Sind wir in der falschen Richtung unterwegs?«

»Nein, es kam kurz darauf noch eine Durchsage von einem ganz anderen Revier. Sag mal, wie stark ist der Empfänger eigentlich?«

»Ich hab das Gerät von Olli.«

»Das sagt alles.

»Ja, erzähl mir lieber, was du noch gehört hast.«

»Bis zu diesem Moment habe auch ich gedacht, er probiert's noch mal über Rotterdam. Aber dann kam der Funkspruch, der einen Polizeiwagen zu einer Tankstelle in Dortmund-Aplerbeck schickte. Dort hat der Fahrer eines, schon wieder, dunkelblauen Nevada mit vorgehaltener Waffe den Tankwart überfallen. Der konnte allerdings den bereits vorher verletzten Fahrer mit einer Spielzeugpistole in die Flucht schlagen.«

»Du hast recht, das sind zu viele Zufälle, das kann nur Marc sein.«

»Ist der Kerl blöd«, ließ sich plötzlich Jan vernehmen, »merkt nicht mal, dass es sich um eine Attrappe handelt.«

»Wenn das alles ist, was dir einfällt, halt lieber dein Maul!«, herrschte Peter den Ganoven an. »Der Tankwart hat verdammtes Glück gehabt, dass Marc angeschlagen war. – Wann war denn der Überfall?«

»Punkt halb zwölf.«

»Dann hat er genau zwei Stunden Vorsprung. Das ist gut …«

»Warum?«

»Du hast mich falsch verstanden. Es ist gut, dass er nur zwei Stunden Vorsprung hat, dann kann er sich nicht ausruhen, bevor die Falle zuschnappt, und ist leichter zu überwältigen.«

Genau in diesem Moment kamen sie zum Autobahnkreuz Münster, und Stefan sagte: »Wenn wir mehr Zeit hätten, würde ich hier runterfahren und meine Eltern besuchen. Sie würden dich bestimmt gern kennenlernen.«

»Das beruht ganz auf Gegenseitigkeit.«

Drei Uhr war noch nicht lange vorbei, als sie dank Stefans Fahrweise den vereinbarten Treffpunkt nahe der Autobahnausfahrt Rade erreichten. Dieses Waldstück vor den Toren Hamburgs war geradezu ideal, um für einige Tage abzutauchen. Die Entfernung zum Hafen betrug nicht einmal zehn Kilometer, und bis in die City, nach St. Pauli und auf die Reeperbahn war es auch nicht viel weiter.

Als Stefan und Peter gemerkt hatten, dass Jan tief und fest schlief, hatten sie noch einmal die Positionen getauscht, und Peter war die letzten fünfzig Kilometer gefahren.

Bei der kleinen Gemeinde Bachheide war er nach rechts von der Straße abgebogen und hatte seinen Wagen am Rande des kleinen Parkplatzes abgestellt. Von den Polizisten, die Claus ihnen angekündigt hatte, war weit und breit nichts zu sehen.

Plötzlich trat wie aus dem Nichts eine Gestalt, von der man nur die Umrisse wahrnahm, an die Autotür und hielt einen Polizeiausweis an die geschlossene Seitenscheibe.

Erst als Peter den Namen Ebner las, öffnete er sie einen Spaltbreit: »Ja?«

»Ich bin Bernd Ebner, Claus Mergentheimers bester Freund aus Kindertagen. Er hat mir erklärt, wer Sie sind und was Sie hier tun. Dass Sie auf Alleingänge verzichten wollen, finde ich gut. Es zeigt mir, dass Sie vertrauenswürdig sind und nicht nur darauf aus, hier eine große Show zu veranstalten. Claus' und Ihre Theorie erscheint mir, ganz besonders nachdem ich mit den Kollegen in Nordrhein-Westfalen gesprochen habe, schlüssig zu sein. Sehen Sie den Wagen dort drüben?«

»Nein.«

»Drüben am Waldrand.«

»Ach ja, jetzt sehe ich ihn. Ist das Ihr Hauptquartier?«

»Genau. Dort sitzt auch mein Chef, Hauptkommissar Förster. Er hält es nicht für nötig, mit Ihnen zu reden, und auch den ganzen Einsatz für Blödsinn. Erst als ich die Verantwortung dafür übernommen habe, hat er ihn genehmigt. Dennoch muss ich jetzt schnell wieder rüber, bevor dieser Choleriker sauer wird, dass ich meine Position verlassen habe. Nur in einem Punkt muss ich ihm recht geben. Ich bin auch nicht begeistert davon, dass Sie hier am Einsatzort sind.«

»Wir auch nicht. Aber ich verspreche Ihnen, dass wir uns zurückhalten werden. Haben Sie denn genügend Leute vor Ort, um mit diesem hochgefährlichen Mann fertig zu werden?«

»Da brauchen Sie sich keine Sorgen zu machen. Die Städte Buxtehude und Buchholz arbeiten hier gut zusammen. Wir haben hier alles dicht gemacht. Da kommt nicht mal 'ne Maus ungesehen durch.«

Dann ging Kommissar Ebner wieder zu dem wie zufällig dort abgestellten Lieferwagen zurück, und Peter sagte zu Stefan: »Ich bin froh, dass keine Fragen zu Jan gekommen sind. Das haben wir bestimmt Claus zu verdanken. Dieser Förster wäre bestimmt anders vorgegangen. So, ich werde jetzt eine kleine Runde schlafen, du passt auf unseren Freund auf. In einer Stunde weckst du mich.«

»Ja«, sagte Stefan und legte seine Beine so geschickt über Jan, dass dieser auch dann nicht fliehen konnte, wenn Stefan versehentlich einschlief.

11.

Als Stefan und Peter die Augen wieder öffneten, hatte die Morgendämmerung bereits eingesetzt. Das also war aus ihrem Vorsatz, abwechselnd Wache zu halten, geworden. Jan schlief noch, und es war bislang nichts geschehen. Peter dehnte und streckte sich auf dem Fahrersitz, so gut das ohne auszusteigen ging, und auch Stefan rieb sich den Schlaf aus den Augen. Aber ihnen steckte nicht nur die Nacht in den Gliedern, sondern auch der Frust über Marc Meisenberger. Dennoch sahen sie ein, dass sie beim großen Showdown, sollte er überhaupt hier stattfinden, zum Zuschauen verdonnert waren und froh sein konnten, überhaupt dabei zu sein. So wurde es langsam sieben Uhr.

»Genau genommen haben wir nicht einen Beweis, dass Marc tatsächlich in diesem Waldstück steckt«, dachte Peter laut nach.

»Stimmt. Da kann man doch mal sehen, welch große Stücke Claus auf dein Kombinationsvermögen hält. Immerhin hat er seinen Freund veranlasst, auf deine Vermutung hin diesen Budenzauber hier zu veranstalten.«

»Budenzauber«, sagte Peter, »wie sich das wieder anhört. Aber es stimmt schon, wenn wir falsch liegen, haben sich einige Leute ganz schön in die Nesseln gesetzt; Claus vorneweg. Abgesehen davon halte ich es für Blödsinn, den Wald zu umstellen; irgendwo findet er eine Lücke, da bin ich

sicher. Aber was soll's, das liegt nicht in unserem Verant-
wortungsbereich, und wir können dann froh sein, nicht
auch noch dafür geradestehen zu müssen. Was machen wir
eigentlich, wenn dieser Marc Meisenberger es sich mitten
im Wald gut gehen lässt und gar nicht auftaucht? Fahren
wir unverrichteter Dinge wieder heim?«

Stefan sah seinen Freund und Kollegen grinsend an und
sagte gerade »Wohl kaum …«, als er erschrocken innehielt,
denn jemand hatte an die Seitenscheibe geklopft.

Peter blickte ebenfalls ruckartig hoch und entriegelte die
Tür, als er Claus Mergentheimer erblickte.

»Hallo, meine Lieben, guten Morgen.«

»Ob der Morgen gut wird, steht noch nicht fest«, antwortete Peter und fragte: »Wie kommst du denn hierher?«

»Mit dem Nachtzug um null Uhr fünfzehn ab Frankfurt
Flughafen Fernbahnhof. Sechs Uhr dreißig Hamburg-Har-
burg an und mit dem Taxi hier heraus.«

»So genau wollte ich es gar nicht wissen«, sagte Peter und
dachte: Gut, dass du da bist. So ganz allein unter so vielen
fremden Polizisten; das war mir nicht geheuer.

»Ich fahre dann mit euch zurück, Peter, sobald dieser
Einsatz beendet ist und ich Jan verhaftet habe. So seid ihr
aus dem Schneider, falls irgendwann mal jemand nach dieser Extratour fragen sollte.«

»Danke, Claus, ich könnt dich knutschen.«

»Nee, lass das mal, dafür habe ich meine Frau«, erwiderte Claus lachend, und Stefan sagte von hinten: »Aber
wir werden nicht vergessen, wie tief wir in deiner Schuld
stehen.«

In diesem Augenblick erwachte Jan, sah den Kommissar und war tatsächlich dusslig genug, erneut türmen zu
wollen. Dabei hatte er die Rechnung aber ohne Stefan und

Claus gemacht. Während Stefan ihn blitzschnell am Arm packte, legte Claus ihm Handschellen an und fixierte ihn an der Hintertür des Wagens.

»Sie sind also dieser Jan Hinkebein«, stellte Claus fest.

»Ja.«

Claus, der wie Peter und Stefan auf den ersten Blick erkannte, dass Jan und Marc kaum zu vergleichen waren, sagte fast schon mitleidig: »Kopf hoch, so schlimm wird's nicht werden.«

»Ob ich Marc in die Hände falle oder im Knast auf ewig versauern muss, kommt wohl auf dasselbe raus«, jammerte Jan und fügte selbstkritisch hinzu: »Ich bin ein Idiot und war schon immer einer. Hätte ich mich weiterhin gut geführt, wäre ich vielleicht in drei Jahren rausgekommen.«

»Daraus wird jetzt nichts mehr«, sagte Claus und erklärte ihm: »Ich bin zwar kein Jurist, aber glauben Sie mir, Marc wird es um einiges schlimmer erwischen.«

»Claus, was hast du eigentlich damit gemeint, dass wir Hauptkommissar Förster nicht trauen sollen?«, fragte nun Stefan.

»Das erzähle ich euch in einer ruhigen Minute; vielleicht klappt es ja schon auf der Rückfahrt. Nur so viel vorab: Dieter Schlindwein stammt aus Buxtehude und war dort Revierleiter, wo heute Förster der Chef ist. Dieter hat sich seinetwegen vor gut sieben Jahren nach Wiesbaden versetzen lassen.«

»Sehr interessant«, sagte Peter und fügte eindringlich hinzu: »Wenn wir zurückkommen, sollten wir sofort zu Verena in die Klinik fahren und ihr Jan gegenüberstellen. Wenn ich den Arzt richtig verstanden habe, wurde ihr Gedächtnisverlust in erster Linie durch den Schock ausgelöst.«

»Ach so, und ein weiterer Schock soll ihr das Gedächtnis

161

zurückbringen. – Na ja, ich hab euch jetzt schon so vieles durchgehen lassen, da kommt's darauf jetzt auch nicht mehr an. Nur eines möchte ich euch dringend raten: Ihr haltet euch hier heraus. Verstanden?«

»Wenn's denn sein muss«, sagte Peter so leise, dass Claus es nicht hörte.

Gerade als Peter herzhaft gähnte und Stefan etwas sagen wollte, kam Bewegung in die Szene. Aus einem Waldweg, der in den Parkplatz mündete, kam mit aberwitziger Geschwindigkeit der dunkle Renault herangeschossen und versuchte den Sperrriegel der Polizei zu durchbrechen. Doch der Wagen knallte in die Seite eines Polizeiwagens und kam nicht durch. Blech knirschte, der Vorderbau des Renault verzog sich völlig, und der Wagen blieb mit defektem Antrieb einfach stehen.

Marc rollte sich aus der Fahrertür und eröffnete das Feuer auf die Polizisten, noch bevor diese sich bewegen konnten. Einen traf er am Oberarm, ein zweiter brach von einer Kugel am Unterschenkel getroffen zusammen. Sofort suchten sämtliche Beamten Deckung, und den kurzen Moment des Durcheinanders nutzte er für sich aus. Trotz aller Schmerzen ergriff Marc die Flucht zu Fuß und hätte es vermutlich ein weiteres Mal geschafft, der Polizei zu entkommen, wenn er nicht einen Fehler gemacht hätte: Er schenkte dem unscheinbaren A-Klasse-Mercedes, der am Rand des Parkplatzes abgestellt war, keinerlei Beachtung.

Noch bevor Claus oder Peter zur Waffe greifen konnten, sprang Stefan aus dem Wagen, stieß sich dabei am Kopf und stellte dem Flüchtenden dennoch ein Bein, als dieser sich umdrehen wollte, um erneut auf die Polizisten zu schießen. Marc hatte sehr viel Schwung und segelte ein Stück durch die Luft, ehe er genau im Graben zwischen

Parkplatz und Waldrand landete, den er eigentlich überspringen wollte, um im Schutz des Waldes unterzutauchen. Da am Vortag im Großraum Hamburg ein schwerer Gewitterregen niedergegangen war, hatte sich der Graben mit reichlich schlammigem Wasser gefüllt, in dem der Verbrecher bäuchlings landete und zunächst vollständig die Orientierung verlor.

Bis er wieder klar sah, waren die Kommissare Förster und Mergentheimer zur Stelle. Sie nahmen den vor Schmutz triefenden Gangster in die Zange, der zu allem Überfluss auch noch seine Pistole verloren hatte.

»Danke, Herr Kollege«, sagte Förster zu Claus und fuhr dann den Verbrecher an: »So, jetzt haben wir dich, nun ist Schluss mit lustig. Wenn du erst mal in Santa Fu einsitzt, kommst du nie mehr raus; das verspreche ich dir.«

Santa Fu war der im Volksmund übliche Name für die Justizvollzugsanstalt Fuhlsbüttel.

»Da muss ich Sie leider enttäuschen«, sagte Claus Mergentheimer nicht ohne Genugtuung. »Der Mann wird nach Hessen überführt, das ist mit ganz oben bereits abgeklärt.«

»Nach Hessen?«, stammelte Förster, »warum denn?«

»Das Landeskriminalamt Hessen und das Dezernat Menschenraub der Kripo Wiesbaden haben die Federführung in diesem Fall. Schließlich hat Meisenberger die meisten seiner Verbrechen in deren Zuständigkeitsbereich verübt und war auch vor seiner Flucht in Butzbach inhaftiert. Das Transportfahrzeug für ihn ist übrigens schon auf dem Weg hierher. Bis er abgeholt wird, können Sie ihn in Gewahrsam nehmen. Und bevor ich es vergesse: Der stellvertretende Leiter des Dezernats Menschenraub in Wiesbaden, Herr Schlindwein, lässt Sie grüßen.«

Claus erfüllte es mit innerer Freude zu sehen, wie Försters Gesicht aschfahl wurde, als er den Namen Schlindwein hörte.

»Etwa Dieter Schlindwein?«

»Genau der«, sagte Claus und fragte scheinheilig: »Kennen Sie ihn?«

»Soll er meinetwegen dieses verkommene Subjekt haben«, sagte Wolfgang Förster, ohne mit einer Silbe auf Claus' Frage einzugehen. »Dann kann er sich mit ihm rumärgern. – Ebner, Feist, schaffen Sie diesen Verbrecher fort. Sie sind persönlich dafür verantwortlich, dass er nicht mehr abhandenkommt, bis er abgeholt wird. Aus meinen Augen mit ihm, aber schnell. Der Gefangenentransporter ist unterwegs.«

Die Beamten Ebner und Feist sahen ihren Chef an und wussten, dass man besser tat, was er sagte, solange er diesen Gesichtsausdruck hatte. Dann nahmen sie Marc und brachten ihn fort.

Förster drehte sich um, und während er langsam zu seinem Fahrzeug zurückging, moserte er vor sich hin: »Dass ich hier zum Handlanger degradiert werde, habe ich bestimmt diesem blöden Schlindwein zu verdanken. Der soll sich hier nur nie mehr blicken lassen.«

Nur wenige Stunden später waren Peter, Stefan, Claus und der inzwischen offiziell verhaftete Jan Hinkebein auf dem Weg nach Kelkheim zurück.

Als sie Göttingen passierten, fragte Jan plötzlich: »Wie ist das denn mit Ihrem Versprechen?«

»Welches denn?«, fragte Claus.

»Herr Stettner hat mir versprochen, dass ich mir den Bauch noch einmal vollschlagen kann, wenn meine Tipps Sie zu Marc führen. In den nächsten Jahren werde ich mir das ja abschminken können.«

»Das geht auf keinen Fall.«

»Entschuldige, Claus«, mischte sich Peter ein, »Versprochen ist versprochen.«

»Du meine Güte, ihr bringt mich in Teufels Küche. Okay, aber nur in Handschellen, das kann ich euch versprechen.«

Während Jan drei Portionen Jägerschnitzel mit Pommes frites verdrückte und vier Gläser Weizenbier dazu trank, sahen ihn die anderen lange an, und Claus, der sich an seinem Glas Cola festhielt, dachte: Wie kann ein Mann allein so verfressen sein.

Eine halbe Stunde später, sie waren wieder unterwegs und hatten die Ausfahrt Kassel Ost passiert, begann Peters Plan aufzugehen. Vom vielen Bier ermattet, begann Jan zu schnarchen und schlief so fest wie ein Murmeltier.

»Du bist uns noch eine Geschichte schuldig«, sagte Peter.

»Ich weiß, aber schläft der Typ wirklich? Ich bin mir nicht sicher.«

»Nach vier Gläsern Bier? Hundertpro. Also – wie war das jetzt mit Schlindwein und Förster?«

»Dieter stammt aus einem kleinen Dorf nahe Buxtehude. Er ging zur Polizei und machte dort schnell Karriere, obwohl er nie besonders scharf drauf war. Irgendwann kam der Tag, da er zum Hauptkommissar und gleichzeitig zum Leiter der Kripo befördert wurde. Sein Kollege Förster, wie er Oberkommissar, hatte insgeheim gehofft, dass man ihm den Posten antragen würde, und war entsprechend sauer. Aber Wolfgang Förster war schon immer ein Intrigant gewesen und hatte seine Kollegen zu manipulieren verstanden. Hier lieferte er sein Meisterstück ab. Scheinheilig gratulierte er Schlindwein und ließ erst einmal einige Wochen verstreichen. Danach begann er ganz behutsam die Dienstpläne, die von ihm abgesegnet wurden, zu manipulieren. Dazu muss man wissen, dass auch Dieters Frau Regina bei dieser Polizeistation als Sekretärin arbeitete. Förster änderte die Pläne dahin gehend, dass Schlindwein und seine Frau immer seltener gemeinsam freihatten, und drehte es so, dass Arbeiten, die von ihrem obersten Dienstherrn an ihre Abteilung weitergegeben wurden, an Schlindwein hängen blieben, da er dann zufällig freihatte oder krankgeschrieben war. So vermasselte er den beiden ein- oder zweimal den gemeinsamen Urlaub und sorgte außerdem dafür, dass Regina Schlindwein immer einsamer wurde. Schließlich veranlasste er, dass Schlindwein an seiner Stelle zur *Fachtagung der Europäischen Kriminalbeamten* nach Barcelona fahren musste und seine Frau keine Gelegenheit zum Mitkommen hatte. Diese Tagung dauerte vierzehn Tage.«

»So ein Arsch«, sagte Stefan, und Peter fügte hinzu: »Der Mistkerl hat dem armen Schlindwein das Leben ganz schön zur Hölle gemacht.«

»Wenn's nur das gewesen wäre, aber Förster verfolgte noch ganz andere Ziele. Er hatte mehr als zwei Jahre lang so getan, als sei er ein guter Freund des Hauses, und so war es nicht weiter verwunderlich, dass Regina, in der Zeit, als ihr Mann in Barcelona war, zwei oder drei Mal zu Förster fuhr und ihm ihr Leid klagte. Zuerst zeigte er sich sehr verständnisvoll, doch beim dritten Mal ließ er seine Maske fallen und zeigte, welch großes Arschloch er in Wahrheit war. Er tröstete sie nicht nur, sondern füllte sie auch derart mit Alkohol ab, dass sie erst viel zu spät registrierte, dass er sie nach allen Regeln der Kunst verführte. Als die Frau am nächsten Morgen in seinem Bett erwachte, bat sie ihn, das Ganze als einmaligen Ausrutscher abzuhaken und am besten zu vergessen. Genau das tat Förster nicht. Als Dieter aus Barcelona zurückkam, fing er ihn ab und beichtete reumütig, dass seine Frau ihn verführt habe und er schwach geworden wäre. Noch am gleichen Tag warf Dieter seine Frau aus dem gemeinsamen Haus.«

»War das nicht ein bisschen heftig?«, fragte Stefan.

»Wieso? Dieter ahnte nicht mal ansatzweise, dass sein Freund und Kollege ihn und seine Frau über Jahre manipuliert hatte.«

»Trotzdem hätte er seiner Frau glauben müssen«, meinte Peter.

»Hättest du's gemacht?«

»Gute Frage. Wie ging es denn weiter?«

»Nach gut drei Wochen, Dieter war zu keinem Gespräch bereit und lehnte auch den Vermittlungsversuch seines Schwiegervaters ab, versuchte sie sich umzubringen. Ihr Vater, bei dem Frau Schlindwein zu dieser Zeit wohnte, fand sie gerade noch rechtzeitig. Sie konnte in letzter Minute gerettet werden, aber für das Kind, das sie, ohne es zu wissen, unter dem Herzen trug, kam jede Hilfe zu spät. Als Dieter das erfuhr, eilte er in die Klinik und versöhnte sich mit seiner Frau. Er ließ sich auf unbestimmte Zeit beurlauben, und Förster übernahm vorerst die Leitung der Kripo in Buxtehude.«

»Trotz allem?«, fragte Peter ungläubig.

»Klar doch, so hatte er es ja geplant. Außerdem hatte er ganz richtig eingeschätzt, dass weder Dieter noch seine Frau das Ganze an die große Glocke hängen wollten, und so kommt es, dass er noch heute der Leiter der Kripo dort ist.«

»Das ist hart für Schlindwein. Der kann einem echt leidtun. Hat er sich dann versetzen lassen?«

»Ja, Stefan. Als seine Frau das Krankenhaus verlassen

konnte und wieder ganz gesund war, hat er ein Versetzungsgesuch eingereicht, das ihn nach Wiesbaden verschlagen hat. Sie sind nach Flörsheim gezogen und haben zwei Jahre später zwei schwarze Mädchen adoptiert. Deren Eltern waren am Krifteler Dreieck ums Leben gekommen, als der Lkw, auf dessen Ladefläche sie illegal nach Deutschland geschleust wurden, verunglückte. Bei der Bergung habe ich zum ersten Mal mit Dieter zusammengearbeitet, und so haben wir uns kennengelernt. Wenn die vier uns heute besuchen, hat Carola zwei gute Spielkameradinnen.«

Claus hatte die Geschichte noch nicht lange beendet, als Peter in Frankfurt-Zeilsheim von der A 66 abbog, Claus und Jan in der Hofheimer Polizeiwache absetzte und nach Kelkheim weiterfuhr.

Am nächsten Morgen, pünktlich nach der Visite, hatten sich alle in Verenas Krankenzimmer versammelt.

»Hallo, mein Schatz«, begrüßte Stefan seine Verlobte und wollte sie auf die Stirn küssen, als Verena ihm eine schallende Ohrfeige versetzte.

»Aber Schatz, wir sind doch verlobt«, stammelte Stefan.

»Erzählen Sie mir keinen Blödsinn. Ich werd mich mit zwanzig doch nicht verloben, und schon gar nicht mit jemandem, der gut und gern sieben, acht Jahre älter ist. Wer ist denn die Kanaille, die dort hinter dem Polizisten steht? Wollt ihr mir den als meinen Ex-Mann verkaufen? Von dir, Onkel Peter, hätte ich so etwas nicht erwartet!«

Die Oberschwester, die schon eine ganze Weile wortlos in der Tür gestanden hatte, verschwand und kam kurz darauf mit dem Stationsarzt zurück.

»Frau Stettner, ich hatte es Ihnen gegenüber ja schon angedeutet, dass Ihnen Teile Ihres Gedächtnisses abhandengekommen sind. Immerhin wissen wir jetzt schon einmal, wie viel. Sie wurden im letzten Monat achtundzwanzig Jahre alt.«

»Wie bitte?«

»Ja. Wenn Sie glauben, Sie sind zwanzig, heißt das, Ihnen fehlen die letzten acht Jahre.«

»Scheiße. Dann bin ich am Ende tatsächlich mit diesem Typen verlobt? Ich fasse es nicht.«

»Es stimmt aber«, sagte Peter, und Stefan erklärte ihr: »Ich liebe dich immer noch genauso wie, nein, mehr noch als am ersten Tag.«

»Das schafft mich. Schließlich kenne ich dich nicht.«

»Hast du denn gar keine Erinnerungen daran, wie wir uns in Münster zum ersten Mal begegnet sind? Oder an unseren gemeinsamen Urlaub auf Rhodos?«

»Nein, kein bisschen«, stammelte Verena. »Haben wir etwa schon zusammen …«

Stefan nickte.

»Ach du meine Fresse«, entfuhr es Verena, »kann ich mit ihm« – sie deutete mit dem Kinn auf Stefan – »und Onkel Peter mal alleine reden?«

»Aber klar«, sagte Claus Mergentheimer und verließ mit Jan den Raum.

Als sie zu dritt im Krankenzimmer waren, sagte Verena nachdenklich: »Ich kann mir vorstellen, wie du dich fühlst; gib mir bitte Zeit. Mir ist inzwischen klar, dass mir noch so einiges fehlt, ich kann mich weder an Rhodos erinnern noch daran, je mit dir geschlafen zu haben. Tut mir leid.«

»Das braucht dir nicht leidzutun, sondern diesen Mist-kerlen von Entführern!«, rief Stefan spontan aus, und Verena sah ihn irritiert an. Dann fragte sie: »Fahre ich eigentlich meinen Polo noch?«

»Nein, du hast dir letztes Jahr einen BMW gekauft.«

»Wie? Bin ich plötzlich reich geworden?«

»Nein, das nicht. Aber seit Peter und ich als Detektive arbeiten ...«

»Oh je, schon wieder was Neues. Lassen wir das, es wird mir im Moment zu viel. Nur eines noch; wer war der Mann in Begleitung des Kommissars? Das war kein Polizist, oder?«

»Es war einer deiner Entführer«, erklärte Peter, »hast du ihn nicht erkannt?«

»Nein, kein bisschen.«

»Würdest du ihn dir noch mal ansehen?«

»Nein! – Oder doch, okay.«

»Claus, könnt ihr noch mal reinkommen?«

Verena sah Jan Hinkebein lange und durchdringend an, aber alles, was ihr dazu einfiel, war: »Ich könnte schwören, den Mann noch nie im Leben gesehen zu haben.«

»Das ist nicht gut«, murmelte der Arzt, und Claus sagte: »Wir verabschieden uns jetzt. Es wird Zeit, dass ich Jan endlich auf Nummer sicher setze.«

Während er das sagte, drehte sich Claus um und zog Jan, der vom Schicksal seines Opfers sichtlich erschüttert war, mit sich fort.

Draußen am Aufzug begegneten sie einem Ehepaar mittleren Alters, und es war Jan Hinkebeins Glück, dass sie einander nicht kannten. Anderenfalls wäre Joachim Stettner dem Entführer seiner Tochter mit Sicherheit an die Gurgel gegangen.

Drinnen erklärte der Arzt ihnen gerade, dass Verena ihre leichte Lungenentzündung zwar noch gründlich auskurieren müsse, körperlich aber schon wieder fit genug sei, um die Klinik in den nächsten Tagen zu verlassen. Auch wäre es von unschätzbarem Vorteil, dass sie bereits beginne, sich mit ihrer Situation auseinanderzusetzen.

»Da wird noch ein mächtiges Stück Arbeit auf Sie zukommen«, sagte der Arzt gerade, als Verenas Eltern eintraten.

»Wieso Arbeit?«, fragte Joachim Stettner sofort.

»Wer sind Sie denn?«

»Stettner, wir sind Verenas Eltern.«

»Wie kommt ihr so schnell hierher?«, fragte Peter. »Ich hatte euch erst morgen erwartet.«

»Wir sind geflogen«, antwortete Joachim, und Sabine Stettner fügte grinsend hinzu: »Wenn wir geschwommen wären, hätten wir es nicht rechtzeitig geschafft.«

»Na dann herzlich willkommen«, sagte Peter, aber Sabine hörte schon nicht mehr zu und eilte ans Krankenbett ihrer Tochter. »Wie geht es dir denn? Ich habe mir solche Sorgen gemacht.«

»Um mich?«

»Natürlich.«

»Ach, es geht schon wieder.«

»Ihre Tochter braucht, auch wenn sie körperlich wieder hergestellt ist, in der nächsten Zeit noch viel Aufmerksamkeit und Pflege«, meldete sich der Stationsarzt noch einmal zu Wort, »dann wird sie ihr Gedächtnis bestimmt bald wiederfinden. Wir werden sie morgen früh noch einmal gründlich untersuchen, und wenn keine Komplikationen auftreten, können Sie sie morgen Nachmittag abholen.«

»Das ist gut«, sagte Peter, und an Joachim und Sabine gewandt: »Verena kommt am besten mit zu uns. Wo werdet ihr denn wohnen?«

»Du bist gut, Peter. Unser Haus in Sindlingen steht noch

immer am gleichen Platz. Oder hat es in der Zwischenzeit ein Erdbeben gegeben?«

»Nein, nein«, sagte Peter lachend, und man merkte, wie die Anspannung der letzten Tage von ihm wich.

»Seid ihr wirklich nach Australien ausgewandert?«, fragte Verena ungläubig.

»Nicht gerade ausgewandert«, erklärte ihre Mutter, »aber Papa hat vor fast drei Jahren einen riesigen Auftrag dort angenommen. Spätestens bis Ostern werden alle Skulpturen fertig sein; dann kommen wir zurück. Wir freuen uns schon darauf, wieder in Deutschland zu leben, auch wenn Australien sehr schön ist.«

Dieser Satz brachte Peter kurz ins Grübeln. Er dachte an seine Exfrau Michaela, fing sich aber gleich wieder und sagte: »Na ja, trotz allem hat es das Schicksal doch gut mit uns gemeint.«

12.

Am nächsten Tag wurde Verena in Peters Arbeitszimmer einquartiert, denn das brachte im Moment die meisten Vorteile. Zum einen konnte sie sich wieder langsam an Stefans Nähe gewöhnen, ohne dass er ihr zu dicht auf die Pelle rücken musste. Zum anderen hatte sie den ganzen Tag Gesellschaft. In ihre WG mit Andrea Dehler, an die sie sich ebenfalls nicht erinnerte, wollte sie selbst nicht zurück. Davon, zu ihren Eltern nach Sindlingen zu ziehen, wo sie in ihrer Erinnerung noch immer wohnte, hatte der Arzt abgeraten. Zudem begann sich zwischen Stefan und Verena langsam wieder die alte Vertrautheit herzustellen, obwohl ihr noch immer jegliche Erinnerung an die drei gemeinsamen Jahre fehlte.

Wenn Stefan und Peter arbeiten mussten, kamen ihre Eltern und blieben den ganzen Tag bei ihr. So ging das einige Tage lang, ohne dass sich an ihrer Erinnerungslücke etwas änderte.

Zehn Tage später, es war Sonntagnachmittag, saßen alle zusammen bei Peter im Wohnzimmer, tranken Kaffee und aßen einen Mohnstrudel, den Sabine Stettner gebacken hatte. Auch Annika und Sven waren gekommen. Annika saß eng umschlungen mit Peter auf der Couch, und Verena hatte erst einmal dumm geschaut, denn in ihrer Erinnerung war er ja noch mit Michaela verheiratet.

Verena, die inzwischen seelisch einigermaßen stabil war, sagte zu ihren Eltern: »Schade, dass ihr in spätestens zwei Wochen wieder nach Australien müsst. Ihr hättet mir, falls ich mich überhaupt nicht mehr erinnern kann, haarklein erzählen können, was ich in den letzten acht Jahren so alles angestellt habe. Na ja, zum Glück bleibt Stefan hier. Es ist mir ohnehin ein Rätsel, wie ich einen solchen Supertypen kennenlernen konnte.«

Das Lächeln, das über Stefans Gesicht huschte, sagte alles.

Bis zu diesem Moment hatten alle darauf geachtet, dass Verenas Entführung mit keiner Silbe erwähnt wurde, aber nun kam sie selbst darauf zu sprechen: »Ich hab jetzt so oft versucht, mich an die Ereignisse der letzten Wochen zu erinnern, aber da ist nichts außer einem schwarzen Loch. Verdammt noch mal, mein Hirn ist wie vernagelt.«

»Quäl dich nicht so«, sagte Stefan, »das bekommen wir schon hin.«

Verena ließ es geschehen, dass er ihr sanft übers Haar strich, und lehnte ihren Kopf an seine Schulter. Es wurde immer offensichtlicher, dass ihre Liebe auch ohne Verenas Erinnerungsvermögen überleben würde.

Sich am Glück der beiden erfreuend, saßen alle einige Minuten schweigend zusammen, bevor Joachim sagte: »Peter, in wenigen Minuten beginnt im ZDF eine interessante Dokumentation über Flusskreuzfahrten, wie ich in der Zeitung gelesen habe.«

»Willst du sie sehen?«

»Gern.«

»Kein Problem«, sagte Peter und schaltete den Apparat ein.

Da noch etwas Zeit bis zum Beginn war, bekamen sie noch den Schluss eines amerikanischen Krimis mit, der eindeutig seinem Höhepunkt zusteuerte. Eine wilde Autoverfolgungsjagd spielte sich auf dem Bildschirm ab.

Scheinbar unbeachtet von allen hielt einer der Wagen an, der Fahrer sprang aus dem Auto und rannte in ein Haus hinein; der zweite folgte ihm. Dass Verena diese Szene wie gebannt verfolgte, bemerkte keiner. Unterdessen hatte der erste Mann im Film einen Baseballschläger aus dem Schrank genommen und ließ ihn, kaum dass der zweite Mann im Zimmer stand, auf dessen Kopf niedersausen.

Und während der Mann auf dem Bildschirm lautlos niedersank, schrie Verena plötzlich gellend auf und rannte, als wenn der Teufel hinter ihr her wäre, ins Bad.

»Was ist denn los, mein Kind?«, fragte Sabine besorgt, die ihrer Tochter im Laufschritt gefolgt war.

Sie setzte sich neben sie auf den Wannenrand, und Verena, die hemmungslos weinte, ließ ihren Kopf an die Schulter ihrer Mutter sinken. Danach entspannte sie sich langsam.

Nach einer Weile sagte sie schniefend: »Als ich eben diese Gewaltszene im Fernsehen sah, war plötzlich alles wieder da. Ich kann mich an jede Einzelheit erinnern.«

Sabine Stettner ließ ihrer Tochter noch etwas Zeit, um sich wieder zu beruhigen.

Dann sagte sie: »Komm, mein Mädchen, gehen wir zurück zu den anderen.«

Im Wohnzimmer wurden die beiden mit neugierigen Blicken empfangen, und Stefan, dem klar war, was Verena hatte, fragte: »Schatz, brauchst du jetzt etwas Ruhe?«

»Nein, ich würde gern erzählen, was geschehen ist. Als ich im Fernsehen den Mann mit dem Baseballschläger sah, fühlte ich den Schmerz des Schlages, und alles war wieder da.«

»Okay, dann erzähle es uns«, sagte ihre Mutter, und ihr Vater fügte hinzu: »Wir hören dir zu.«

»Papa, du wolltest doch …«

»Du bist uns wichtiger als diese blöde Doku.«

Verena lächelte und fing an zu reden wie ein Wasserfall. Sie begann mit dem Moment, als sie das Büro verließ, und schloss damit, wie sich einer ihrer Entführer todesmutig in den Schlag, der ihr den Schädel spalten sollte, geworfen hatte.

»… zumindest was diesen Entführer anging, ging es mir nicht mal so schlecht. Wie heißt er?«

»Jan Hinkebein.«

»Der Name passt haargenau, denn er hinkte entsetzlich. Und wie hieß der andere?«

»Marc Meisenberger. Vor ihm brauchst du keine Angst mehr zu haben, der sitzt hinter Schloss und Riegel.«

»Ein Segen! Eben im Film, als sie auf das Gesicht des Gangsters geblendet haben, hatte ich das Gefühl, Marc steht vor mir; der sah aus wie sein Doppelgänger.«

»Ach, Verena«, schluchzte nun Sabine auf, »was hast du nur alles durchgemacht.«

»Mir geht es ja dank euch allen schon wieder besser, Mutti.«

»Da bin ich froh«, sagte Peter tief gerührt, und Stefan fügte hinzu: »Wir haben uns von Claus mal zusammenstellen lassen, was dieser Marc in den paar Wochen Freiheit so alles verbrochen hat. Da kommt ganz schön was zusammen.«

»Das interessiert mich aber auch«, sagte Joachim.

»Es beginnt mit Kindesentziehung, dann Verenas Entführung. Außerdem hat er drei Autos gestohlen, einen Unfall mit Fahrerflucht verursacht, sich illegal eine Waffe besorgt, diese auch eingesetzt und einen Polizisten im Präsidium Frankfurt erpresst.«

»Meine Nerven«, stöhnte Peters Bruder.

»Moment, es geht ja noch weiter«, sagte Peter und zählte weiter auf: »Da ist der Mordversuch an Verena, die Körperverletzung an Jan, er ist in das Haus seines Vaters eingebrochen und hat mehrfach Haus- und Landfriedensbruch begangen. Und auf seiner Flucht in den Niederlanden hat er zwei Polizeibeamte angeschossen. Der eine wird nicht mehr in den Dienst zurückkehren können. Schließlich hat er eine Tankstelle überfallen und in Hamburg noch einmal zwei Polizisten verletzt. Dass dabei niemand ums Leben gekommen ist, ist mehr als nur ein glücklicher Zufall. Dennoch meint Claus, dass Marc für den Rest seines Lebens gesiebte Luft atmen wird.«

»Alles andere wäre ein Skandal«, meinte Joachim zornig, und Verena fragte: »Kann ich jetzt zu Ende erzählen?«

»Klar doch.«

»Nachdem Jan den Schlag abgefangen hatte, bin ich völlig kopflos in den Wald hineingelaufen, und später hoffte ich, irgendwann auf eine Straße zu treffen. Scheinbar ist mir das nicht gelungen, denn daran ist meine Erinnerung auch jetzt noch verschwommen. Erst von dem Moment an, als Kim Li mich in der Erdkuhle fand, ist mein Gedächtnis wieder klar. Wie lange bin ich denn gelaufen?«

»Genau lässt sich das nicht mehr feststellen, aber du warst über Nacht im Wald«, erklärte Stefan. »Daher kam auch deine Unterkühlung.«

»Übrigens habe ich gestern mit Dao telefoniert«, sagte Peter. »Zwischen seiner Tochter und Jörg Stuhlbein hat es bei der Suchaktion heftig gefunkt.«

»Dann hat die ganze Sache ja doch noch was Gutes gehabt«, sagte Verena trocken, und ihre Mutter meinte entsetzt: »Kind, sag so was nicht.«

»Von der Gegenüberstellung mit Jan hatte ich mir schon etwas mehr erwartet«, sagte Stefan, »aber dass du mich nicht wiedererkannt hast, stimmt mich schon sehr bedenklich.«

Ohne ein Wort zu sagen, beugte sich Verena zu ihm hinüber und küsste ihn leidenschaftlich. »Reicht dir das als Antwort?«

»Und ob. Hoffentlich wird alles wieder so wie früher.«

»Noch viel besser!«, strahlte Verena ihren Verlobten an.

»Wie meinst du das?«

»Unser Kind wird einen lieben und zärtlichen Vater haben.«

»Wie – Was?«

»Ja Stefan, ich bin schwanger.«

»Haben die dich etwa …«

»Quatschkopf. Einen Tag, bevor das passiert ist, war ich beim Frauenarzt. Da hab ich's erfahren. Ich wollte eigentlich ein paar Kindersöckchen kaufen und auf dein Kopfkissen legen, um dich schonend vorzubereiten. Aber das erübrigt sich ja jetzt.«

»Das ist ja wunderbar«, rief er freudestrahlend, umarmte sie, hob sie hoch und wirbelte sie überschwänglich durch die Luft.

»Au, du tust mir ja weh!«, sagte sie ungehalten, und Stefan ließ sie erst gar nicht zur Ruhe kommen.

Er fragte einfach: »Verena, Schatz, willst du meine Frau werden?«

Einige Wochen später hatte Verena die Entführung erstaunlich gut überstanden und war dank ihres Therapeuten auf einem guten Weg, psychisch wieder völlig zu gesunden. Das Kind in ihrem Bauch gedieh prächtig und sollte, wenn nichts dazwischenkommen würde, Ende März, Anfang April zur Welt kommen.

Verenas Eltern waren eine Woche nach dem Heiratsantrag wieder zurück nach Australien geflogen, aber nicht ohne zu versprechen, bis zur Geburt des Kindes ganz zurückzukommen.

Stefan überlegte, ob sie, da Andrea Dehler zu ihrem Freund gezogen war, die Wohnung ganz übernehmen sollten, aber er hatte die Rechnung mal wieder ohne den Wirt gemacht. Andrea Dehler kam schon nach vier Wochen zurück. Ihre Beziehung, die über Jahre hinweg als Fernbeziehung prächtig gelaufen war, hatte so viel Nähe nicht standgehalten. Nun musste auf die Schnelle eine neue Wohnung her. Stefan und Verena fanden eine gut geschnittene Drei-Zimmer-Wohnung in der Krakauer Straße. Schon Anfang November, wenige Tage bevor der Prozess gegen die Entführer begann, konnten sie einziehen.

Die Gerichtsverhandlung wurde in den Medien zu einem riesigen Spektakel aufgebauscht und die Urteile, die unterschiedlicher nicht ausfallen konnten, sorgten für reichlich Zündstoff in der Bevölkerung. Marc Meisenberger bekam, was er verdiente: die erwartete lebenslange Haft mit anschließender Sicherungsverwahrung.

Jan Hinkebein hingegen kam fast schon mit einem blauen Auge davon, da ihm außer der Entführung keine von Marcs weiteren Missetaten zur Last gelegt wurde. Mildernd wurde berücksichtigt, dass er unter Einsatz seines eigenen Lebens Verena die Flucht ermöglicht und sich später selbst gestellt hatte. Als Jan im Gerichtssaal erfuhr, dass Verena zum

Zeitpunkt der Entführung schwanger war, brach er weinend zusammen, erkundigte sich bei ihr, ob es dem Kind gut gehe, und versicherte glaubhaft, dass er bereue, was er getan habe.

Den letzten Ausschlag zur Milde gab jedoch Verenas Aussage. Sie bestätigte zwar, dass Jan sie entführt, betäubt und bewacht habe, aber er sei im Gegensatz zu Marc ihr gegenüber nie bösartig geworden.

Deshalb verurteilte der Richter ihn für die Entführung nur zur Mindeststrafe von fünf Jahren und zog das Ganze mit seiner noch zu verbüßenden Reststrafe zu einer Gesamtfreiheitsstrafe von neun Jahren zusammen.

ENDE